왜 법을 어기면 안 되나요?

# 왜 법을 어기면 안 되나요?

**1판 1쇄 펴냄** 2014년 5월 23일
**1판 2쇄 펴냄** 2015년 2월 13일

**지은이** 조지혜
**그린이** 이진우
**편집** 박경화, 최민경, 황설경, 이은영, 유나리
**마케팅** 송만석, 한아름

**펴낸이** 하진석
**펴낸곳** 참돌어린이

**주소** 서울시 마포구 독막로 15길 3-13
**전화** 02-518-3919
**팩스** 0505-318-3919
**이메일** book@charmdol.com
**신고번호** 제313-2011-157호
**신고일자** 2011년 5월 30일

**ISBN** 978-89-97592-57-9 64800

# 왜 법을 어기면 안 되나요?

조지혜 지음 · 이친우 그림

김태훈(사랑샘터 아동발달연구소) 감수

참돌어린이

여러분은 친구들과 한 약속을 잘 지키는 편인가요? 아니면 별 거 아니라고 생각하고 내 상황에 맞춰 쉽게 어기는 편인가요? 질문을 바꿔서 하자면, 여러분은 약속을 잘 지키는 친구와 약속을 잘 지키지 않는 친구 중 어떤 친구를 더 좋아하나요? 아마 모두들 약속을 잘 지키는 친구를 더 좋아할 거예요. 약속을 잘 지키는 친구는 신뢰감을 주고, 배려받고 있다는 생각에 따뜻함까지도 느끼게 하기 때문이지요. 이렇게 약속이 지켜지면 서로를 믿을 수 있는 신뢰감이 생겨서 함께 어울려 살 수 있게 되는 거랍니다.

법을 지키는 것도 마찬가지예요. 우리는 혼자 세상을 사는 것이 아니라 많은 사람과 함께 살아가기 때문에 우리를 위한 법칙인 법을 잘 지켜야 해요. 법은 지키기 위해 존재하는 것으로, 지키지 않으면 처벌을 받지요.

물론 《왜 법을 어기면 안 되나요?》에서 말하고 있는 법인 쓰레기를 함부로 버리거나, 길가의 꽃을 꺾거나, 공공장소에서 시끄럽게 소란을 피우는 등의 행동을 해도 어린이 여러분은 큰 법적 처벌을 받지 않아요. 법은 만 19세 이상의 성인에게 그 행동에 대한 책임을 묻고, 그 이하의 나이에는 소년법이 적용되어 성인보다는 책임을 덜 묻기 때문이에요.

　하지만 '세 살 버릇 여든까지 간다.' 는 말이 있듯이 지금부터 함께 살기 위한 약속을

지킬 줄 알아야 나중에 어른이 돼서도 그 약속을 지킬 수 있는 거예요. '나는 아직 어리

니까 괜찮아.' 라고 생각하지 말고 이 나라의 주인으로서 지금부터 법을 제대로 지켜보는

건 어떨까요?

　《왜 법을 어기면 안 되나요?》에서는 우리가 왜 법을 지켜야 하는지, 어떤 법들이 있

는지 자세하게 알려 주고 있어요. 우리가 그동안 알지 못했던 생활 속에서 지켜야 하는

법들이 나와 있지요. 아직까지 잘 모르고 지나쳤다면 이제부터라도 법을 지키려고 노력

해 보자구요. 여러분의 그 노력이 아름다운 대한민국을 만들 수 있을 거예요.


햇살 가득한 5월, 여름을 기다리며

김태훈

# 차례

# 소중한 것을
# 잃을 수도 있어요

1

여러분은 소중한 것을 잃어버린 적이 있나요? 잃어버렸던 것 중에

가장 소중했던 것은 무엇이었나요? 여러분이 가지고 있던 장난감이

었을 수도 있고, 게임기였을 수도 있고, 돈이었을 수도 있을 거예요.

소중한 것을 잃어버렸을 때 여러분의 마음은 어땠나요? 너무 속상해

눈물이 나오지는 않았나요? 그래요. 여러분이 경험했던 것처럼 사람

들은 소중한 것을 잃으면 마음이 많이 상하게 되지요.

그런데 여러분은 모든 사람이 게임기와는 비교할 수도 없을 만큼

10

굉장히 소중한 것을 가지고 있다는 사실을 알고 있나요? 아침에 일어나 밥을 먹고, 세수를 하고, 학교에 가고, 친구들과 노는 등 언제 어디서나 모든 순간에 우리는 소중한 이것을 가지고 있답니다.

그렇게 소중한 것이 대체 무엇이냐고요? 바로 생명이에요. 여러분이 가지고 다니는 이 세상에서 가장 소중한 것이지요. 그런데 이렇게 소중한 생명을 잃어버린다면 어떻게 될까요? 그 아픔은 말로 표현할 수 없는 큰 아픔이 될 거예요. 그 아픔은 나를 사랑하는 모든 사람들에게도 큰 상처를 남기게 될 거예요.

그래서 우리는 세상에서 가장 소중한 생명을 지키기 위해 매 순간 노력해야 해요. 법을 어기지 말고 지켜야 하는 중요한 이유도 바로 이 소중한 생명을 지키기 위해서랍니다.

법을 지키는 것과 생명을 지키는 것이 무슨 상관이 있냐고요? 그럼 수진이의 이야기를 통해 어떤 상관이 있는지 살펴보도록 해요.


"수진아! 오늘도 학교 늦겠다! 어서 서두르렴."

"엄마, 제 필통 못 보셨어요? 아, 노트는 어디 갔지? 맞다! 엄마, 오늘은 미술 시간에 점토를 사 가야 해요. 돈 좀 주세요!"

"그러게 가방은 하루 전에 미리미리 챙겨 두라고 매번 말했잖니."

"다 챙겼는데 얘네들만 깜박한 거예요."

아침부터 수진이와 엄마는 학교 갈 준비에 정신이 없었어요.

"엄마, 학교 다녀오겠습니다."

"그래, 신호 꼭 지켜서 길 건너고! 잘 다녀오렴."

"아, 알겠어요!"

수진이가 다니는 초등학교는 수진이의 집 바로 앞에 있었어요. 아침마다 시간에 쫓겨 허둥지둥 가방을 챙겨 나가는 수진이는 횡단보도 신호를 잘 지키지 않았지요. 수진이의 그런 행동이 걱정된 엄마는 오늘도 어김없이 당부의 말을 전하며 수진이를 학교에 보냈어요. 하지만 수진이에게는 엄마의 말이 듣기 싫은 잔소리에 불과했어요. 신발을 신으며 시계를 보니, 시침과 분침은 어느새 8시 25분을 가리키고 있었어요.

'아, 30분까지 교실에 들어가야 벌을 안 설 텐데 어떻게 하지? 문방구에서 점토도 사야 하고……. 신호 때문에 지각하는 것보다는 그냥

가는 게 낫겠지? 에잇, 오늘까지만 신호를 어기고 학교에 가야지.'

수진이는 늘 학교와 집 사이에 있는 작은 횡단보도의 신호를 지키는 것이 불편했어요. 학교 앞이라 대부분의 차가 천천히 달리는 곳인데, 굳이 신호등이 있어야 할 필요가 있을까란 불만도 있었고요.

수진이는 횡단보도의 신호등이 빨간불이란 걸 알았지만, 현관문을 열고 나오자마자 길 건너에 있는 문방구를 향해 달리기 시작했어요.

그때였어요. 큰 트럭 한 대가 빠른 속도로 달려오고 있었어요. 횡단보도를 건너는 수진이를 뒤늦게 본 트럭 운전사 아저씨는 깜짝 놀랐어요.

"빵빵! 빵빵!"

앞만 보고 달려와 찻길에 들어선 수진이는 트럭의 경적 소리에 놀라 얼음이 된 것처럼 자리에 멈춰 서고 말았어요. 이미 트럭은 수진이와 가까운 거리에서 수진이를 향해 달려오고 있었어요. 하지만 수진이는 놀란 마음에 몸이 굳어 한 발자국도 움직일 수가 없었어요.

"끼이익, 쿵!"

트럭 운전사 아저씨가 크게 경적 소리를 내며 뒤늦게 브레이크를

밟았지만, 안타깝게도 수진이는 트럭과의 교통 사고를 피할 수 없었어요.

수진이가 나간 지 얼마 되지 않아 큰 경적 소리와 급브레이크 밟는 소리가 나자, 엄마는 불길한 예감에 밖으로 달려 나왔어요.

"수진아!"

엄마는 길에 쓰러져 있는 수진이를 안고 계속해서 수진이의 이름을 부르며 울었어요. 지나가다가 사고를 목격한 아줌마의 신고로 재빨리 응급차가 왔고, 수진이는 그렇게 병원으로 이송되었지요.

　다행히 수진이는 생명을 잃지는 않았어요. 하지만 큰 수술을 3번이나 해야 했고, 수술 후에도 병원에서 6개월이나 입원해 있어야 할 만큼 큰 고통을 받아야 했답니다.

　수진이는 신호를 지켜야 한다는 법을 어겨 세상에 단 하나밖에 없는 자신의 생명을 잃을 뻔했어요. 만약 수진이가 신호를 지키기 위해 횡단보도 앞에서 멈춰 서 있었더라면 어땠을까요? 이렇게 큰 사고가 나는 일도, 수진이가 크게 다치는 일도 없었을 거예요.

　가끔씩 우리는 법을 귀찮게 여기고 우습게 생각할 때가 있어요. 하지만 법은 사회의 질서를 지키고 우리의 생명을 지키기 위해 꼭 필요한 것이에요. 법을 지키지 않으면 때로는 소중한 생명을 잃게 될 수도 있답니다.

　세상에서 생명보다 더 가치 있고 소중한 것은 없어요. 아무리 돈이 많아도, 학교에서 전교 1등을 하는 성적을 받는다고 해도 내가 살아 있지 않으면 이런 것들은 아무런 의미가 없게 되지요. 그렇기 때문에 우리는 우리에게 가장 큰 생명을 지키기 위해 지키기 싫은 법도 반드시 지켜야 해요. 이제 왜 법을 지켜야 소중한 생명을 지킬 수 있다고 한 건지 알겠지요?

안타까운 일은 사람들이 이러한 사실을 몰라서 큰 사고를 겪고 생명을 잃는 게 아니라는 거예요. 알고는 있지만 좀 더 빠르고 쉬운 길을 쫓아 법을 어기고 신호를 무시한 채 운전하고 찻길을 건너다 사고를 당하곤 하는 거예요. 하지만 생명은 한 번 잃으면 다시는 되찾을 수가 없어요. 장난감을 잃어버렸을 때와는 비교도 되지 않는 큰 슬픔을 가져다 주므로 늘 소중히 여겨야 하는 거랍니다.

그런데 법을 어겼을 때 잃을 수도 있는 중요한 것은 사람의 생명만이 아니에요. 우리가 살고 있는 자연도 마찬가지랍니다. 산에서 취사를 못 하게 만든 법도, 쓰레기를 분리수거하게 만든 법도 모두 자연을 지키기 위해 만들어 놓은 법이에요. 우리가 자연을 오염시키는 것을 막기 위해 만든 이러한 법들을 잘 지키는 것이 자연이라는 큰 생명을 살리고 지키는 작은 실천이 되는 것이랍니다.

여러분! 법은 나의 자유를 방해하는 굴레가 아니에요. 나에게 정말 소중한 것들을 지키기 위해 우리가 마땅히 지켜야 할 나라의 규범이에요. 이러한 법을 지키고자 하는 노력이 여러분의 생명과 자연을 모두 지킬 수 있다는 사실을 잊지 마세요!

# 2

## 모두를 위한 약속이에요

너하고 나는 친구 되어서 사이좋게 지내자.

새끼손가락 고리 걸고 꼭꼭 약속해.

어렸을 때 이 동요를 부르며 친구들과 새끼손가락을 걸고 약속하는 율동을 해 본 적이 있지요? 우리는 어렸을 때부터 친구와 약속하는 방법을 자연스럽게 배웠어요. 그런데 약속은 왜 하고, 왜 지켜야 하는 걸까요?

약속을 하는 이유는 아주 간단해요. 지키기 위해서 하는 거지요. 서로를 믿고 지키자는 믿음을 바탕으로 하는 행위가 바로 약속이에요. 이러한 약속을 지키지 않는다는 것은 상대방을 무시하는 행위이기 때문에 꼭 지켜야 한답니다.

법도 모든 국민이 더불어 살기 위해 지키기로 한 약속과 같아요. 그렇기에 내가 조금 불편하더라도 그 법을 지키기 위해 노력해야 하는 거예요. 행정안전부 홈페이지에 보면 우리나라 인구는 2013년 6월을 기준으로 51,047,880명이라고 나와 있어요. 이렇게 많은 사람이 함께 살아가려면 우리에게는 규칙이 반드시 있어야 하고, 그 규칙을 지켜야 다 같이 어울려 살아갈 수 있는 거랍니다.

만약 5,100만 명이 넘는 사람이 규칙 없이 자기 마음대로 세상을 산다면 어떻게 될지 상상해 본 적 있나요? 아마 이 세상은 엉망진창이 될 거예요. 많은 사람의 각기 다른 생활을 통제할 수 있는 아무런 기준이 없기 때문이지요.

그렇다면 한 사람이 정해진 규칙을 지키지 않고, 자기 마음대로 행동하면 어떻게 될까요? 준혁이의 이야기를 통해 알아보기로 해요.

준혁이는 친구들과 노는 것을 너무나 좋아하는 아이였어요. 학교를 마치면 항상 놀이터에서 한 시간은 논 후에야 집에 돌아와 숙제도 하고, 복습도 하곤 했지요.

"학교 다녀왔습니다! 엄마, 저 민철이랑 놀이터에서 놀다 올게요!"

준혁이는 오늘도 어김없이 가방만 던져 놓고 나가려고 했어요.

"준혁아! 현관문 옆에 엄마가 쓰레기 모아 놓은 거 있지? 가는 길에 놀이터 옆에 쓰레기 버리는 곳에 좀 버려 주렴."

준혁이가 사는 곳은 재활용 쓰레기를 버리는 날과 일반 쓰레기를 버리는 날이 따로 정해져 있었어요. 그래서 일반 쓰레기를 버리는 날에는 재활용 쓰레기를 버리면 안 되고, 재활용 쓰레기를 버리는 날에는 일반 쓰레기를 버리면 안 됐지요.

"여기, 이거요?"

"거기 엄마가 따로 모아 놓은 거 보이지? 그거!"

엄마는 부엌에서 저녁을 준비하던 중이라 직접 쓰레기 봉지를 챙겨 주지 못했어요.

"다녀오겠습니다!"

준혁이는 쓰레기 봉지를 들고 밖으로 나왔어요. 하지만 놀이터까지 들고 가는 것은 너무 싫었어요. 무겁기도 했지만, 쓰레기 봉지를 든 모습을 친구들에게 보여 주는 것이 너무 창피하기 때문이었어요. 그렇게 놀이터로 향하던 중, 준혁이는 전봇대에서 오줌을 싸고 있는 강아지를 발견했어요.

'어? 얘는 뭐야. 큭큭.'

강아지를 본 준혁이는 웃음이 나왔어요. 그래서 귀여운 강아지의 모습을 더 자세히 보기 위해 쓰레기 봉지를 잠시 전봇대 옆에 내려 놓고 쭈그려 앉았어요. 그때 저 멀리서 민철이가 다가오며 준혁이를 불렀어요.

"준혁아! 강아지랑 놀고 있었어?"

"응! 얘 정말 귀여워."

"강아지는 그만 보고, 빨리 놀이터 가서 놀자!"

"그래, 알겠어!"

준혁이는 일어나 손을 털다가 쓰레기 봉지를 들고 가야 한다는 것이 생각났어요.

'아, 진짜 들고 가기 싫은데⋯⋯. 눈에 잘 띄니깐, 여기에 그냥 놔 둬도 쓰레기 수거 아저씨가 가져가시겠지?'

준혁이는 전봇대 옆에 쓰레기 봉지를 그대로 내버려 둔 채 민철이 와 놀이터로 뛰어갔어요.

다음날도 준혁이는 가방만 던져 놓고 놀이터로 향했어요. 그런데 놀이터를 가던 중에 보니 전봇대 옆에는 어제 자신이 버린 쓰레기 봉 지가 그대로 놓여 있었어요.

'어, 이거 안 가져갔네? 아저씨들이 쓰레기를 못 보셨나?'

그때 준혁이는 자신이 버린 쓰레기 봉지에 무언가 붙어 있는 것을 보았어요.

'양심을 버린 쓰레기'

스티커를 보고 깜짝 놀란 준혁이는 평소보다 더 빠른 속도로 전봇 대를 지나쳤어요. 혹시라도 주춤했다가는 자신이 쓰레기를 버린 장 본인이라는 사실을 다른 사람들이 알 것 같았기 때문이에요.

'뭐지? 내가 양심을 버렸다고?'

놀이터에서 노는 내내 준혁이의 마음은 편하지 않았어요. '양심을

버린 쓰레기'라는 문구가 계속 머릿속에 맴돌았기 때문이에요. 평소 길가에 껌 종이나 과자 봉지를 버린 것도 생각이 났어요. 무언가가 준혁이의 양심을 계속 따끔하게 찌르고 있는 기분이었지요.

준혁이가 버린 쓰레기 봉지 때문에 전봇대 주변은 온종일 지저분 했어요. 지나가는 고양이와 강아지가 쓰레기 봉지를 물어뜯어서 여기저기 쓰레기가 흩어져 있었기 때문이에요. 그래서 전봇대를 지나는 사람마다 얼굴을 찌푸렸답니다.

만약에 많은 사람이 쓰레기를 버리기로 약속한 장소에 버리지 않고, 자기 마음대로 아무 곳에나 쓰레기를 버린다면 어떻게 될까요? 그 동네는 금방 더러워지고 여기저기에 쓰레기가 굴러다닐 거예요.

그래서 이웃과 함께 사는 마을을 깨끗하게 유지하기 위해 규칙을 정해 놓고 함께 지키기로 약속하게 된 거지요. 혼자가 아닌 많은 사람이 함께 살기 위한 약속이기에, 이러한 규칙들이 반드시 지켜질 수 있도록 강제성을 두고 만들어진 것이 바로 법이랍니다.

"우리 집에서는 쓰레기를 버리는 건 엄마와 아빠가 다 알아서 하셔요."라고 말하며 안심하는 친구가 있나요? 함께 어울려 살기 위해 정해진 법은 이것뿐만이 아니에요. 길에 침을 뱉지 않는 것도, 분리수거를 위해 날짜에 맞춰 쓰레기를 버리는 것도, 텔레비전 소리를 크게 틀어 시끄럽게 소음을 내지 않는 것도, 위험한 상황에 있는 사람을 모르는 척 하지 않는 것도 모두가 함께 사는 행복한 세상을 만들기 위해 법으로 정해 놓은 약속들이랍니다. 이웃에게 불편을 줄 수 있기에 우리가 하지 않기로 약속한 행동의 대부분이 이에 속하지요.

카네기는 "아무리 보잘 것 없는 약속일지라도 상대방이 감탄할 정도로 정확히 지켜야 한다. 신용과 체면도 중요하지만 약속을 어기면 그만큼 서로의 믿음이 약해진다. 그러므로 약속은 꼭 지켜야 한다."라고 말했어요.

약속은 지킬 때 가장 아름다운 법이에요. 더군다나 법은 함께 어울려 사는 세상을 위해 반드시 지켜야 할 약속이지요. 이제부터는 '나 하나쯤이야…….'라는 생각을 버리고, '내가 먼저 지킨다!'라는 마음으로 함께 사는 세상을 위한 법을 지켜 나가도록 하세요!

## 3 질서가 파괴돼요

우리 함께 수학 문제 하나를 풀어 볼까요?

$$2+(3 \times 2)=?$$

얼마가 나왔나요? 정답은 8이에요. 혹시 10이 나온 친구도 있나요?
앞에서부터 차례대로 계산했다면 10이라는 답이 나왔을 거예요. 하
지만 이것은 틀린 답이랍니다. 괄호 안의 식을 먼저 계산해야 하는

규칙을 무시해서 나온 잘못된 답이지요.

정답은 사칙연산을 할 때 괄호가 나오면 괄호 안을 먼저 계산해야 한다는 규칙을 지켰을 때에만 구할 수 있어요. 규칙을 지키지 않았을 때 틀린 답이 나오는 건 당연한 결과지요. 그렇기 때문에 정해진 순서대로 차례를 지키는 것은 아주 중요하답니다.

사칙연산의 순서를 지키지 않고 문제를 풀었을 때 답이 엉망이 되어 버린 것처럼, 순서를 지키지 않음으로써 결과가 엉망이 되는 사례를 우리는 주변에서도 많이 볼 수 있답니다. 유진이의 이야기를 들어 보세요.

"아빠, 우리 '스머프 2' 봐요. 친구들이 그거 재미있대요!"

"그럴까?"

"아빠, 콜라랑 팝콘도 사 주세요."

오랜만에 아빠와 둘만의 데이트를 나온 유진이는 한껏 신이 났어요. 기분이 좋아서 그런지 아빠와 함께 보는 영화는 더 재미있을 것 같았어요.

"아빠, 가가멜 목소리가 꼭 박명수 아저씨 목소리 같아요."

"유진이가 귀가 정말 좋구나! 가가멜은 진짜 박명수 아저씨의 목소리로 녹음한 거래."

"우아, 정말이요?"

영화를 보던 유진이는 낯익은 목소리가 반갑고 재미있었는지 작은 소리로 키득거리며 아빠에게 말했어요.

영화가 끝난 뒤 상영관을 나오면서 아빠가 유진이에게 물었어요.

"유진아, 아까 콜라 많이 마시던데 화장실에 안 들려도 되겠어?"

"화장실이요? 저 다녀올래요."

"그럼 아빠는 같이 못 들어가니까 여기 앞에 있을게. 혼자 다녀올 수 있지?"

"그럼요. 당연하죠!"

유진이는 아빠 손을 놓고 화장실로 들어갔어요. 화장실 안은 영화가 끝난 직후라 그런지 많은 사람이 있었어요. 모두가 한 줄로 서서 질서 있게 자신의 순서를 기다리고 있었지요. 하지만 유진이는 오랜 시간을 서서 기다리고 싶지 않았어요.

'아이참, 언제까지 기다려야 하는 거지? 밖에 아빠도 기다리시는
데……. 에이, 모르겠다!'

주변을 살피던 유진이는 슬그머니 한 줄로 서 있는 사람들을 지나
화장실 칸 문 앞에 섰어요. 그러자 나란히 줄을 서 있던 사람들이 웅

성거리기 시작했어요. 그러더니 한 중학생도 유진이처럼 다른 칸 문 앞에 그냥 줄을 서는 것이었어요. 그러자 한 줄로 서 있던 사람들은 그 모습에 서둘러 다른 칸 문 앞에 서려 했어요. 한 줄로 자신의 차례를 기다리던 질서 있는 모습은 어느새 사라졌어요. 유진이의 행동 때문에 순식간에 '한 줄 서기'는 무너져 버린 거예요. 화장실은 북적거려 문을 열고 닫기도 힘들게 복잡해졌어요.

손을 씻고 화장실을 빠져나오면서 유진이는 엉망이 되어 버린 줄을 보며 뭔가 마음에 찔림을 느꼈어요. 유진이가 들어왔을 때만 해도 화장실은 질서 정연한 모습에 깨끗해 보이고 좋았었어요. 하지만 지금은 서로 눈치 보며 먼저 들어가려고 애쓰는 통에 아수라장이 되어 버려 마음이 좋지 않았지요.

'내가 뭘 잘못한 건가?'


유진이는 한 줄로 서서 자신의 차례를 차분히 기다리지 못했어요. 유진이 한 사람이 줄을 무시하자 화장실에 존재했던 질서가 한순간에 무너져 버렸지요. 이렇게 마땅히 지켜야 할 규칙이나 법을 지키지 않으면 질서는 파괴될 수밖에 없고 그 상황은 엉망이 되어 버리는 거예요.

이런 상황은 버스를 탈 때도 지하철을 탈 때도 마찬가지예요. 줄을 서서 차례대로 승차하지 않고, 이곳저곳에서 사람들이 몰리는 모습을 많이 봐 왔을 거예요. 출입문에 사람들이 우르르 몰리게 되면 질서는 파괴되고, 버스나 지하철을 타는 시간도 더 오래 걸리게 되는 거랍니다.

혹시 '버스를 먼저 타려는 게 큰 잘못은 아니잖아요!'라고 생각하는 친구가 있나요? 그런데 이렇게 순서를 망가뜨리고 새치기를 하는 것도 법을 어기는 행동이에요. 공공장소에서 질서를 파괴하는 행동은 다른 사람들을 불편하게 만들고, 더 안 좋은 상황을 만들 수도 있기 때문이에요.

교통질서도 마찬가지예요. 자동차가 자신의 순서를 지키지 않고 신호를 어길 때 교통 혼잡이 일어나게 되고, 사고도 나게 되는 것이지요.

'꼬리 물기'라는 말을 들어 본 적이 있나요? 지나가도 좋다는 뜻의

초록색 불이 주의를 뜻하는 주황색 불로 바뀌면, 보통은 멈추어 서서 다음 번 초록색 불을 기다려야 하지요. 그런데 주황색 불인데도 앞 차를 따라 계속 주행하는 경우, 심지어는 빨간색 불로 바뀌었는데도 계속해서 주행하는 경우를 바로 꼬리 물기라고 해요.

자동차들이 이렇게 꼬리 물기를 하면 도로 위가 매우 혼잡해져요. 제대로 된 신호를 받고 움직이는 자동차들에도 큰 방해가 되고요. 그

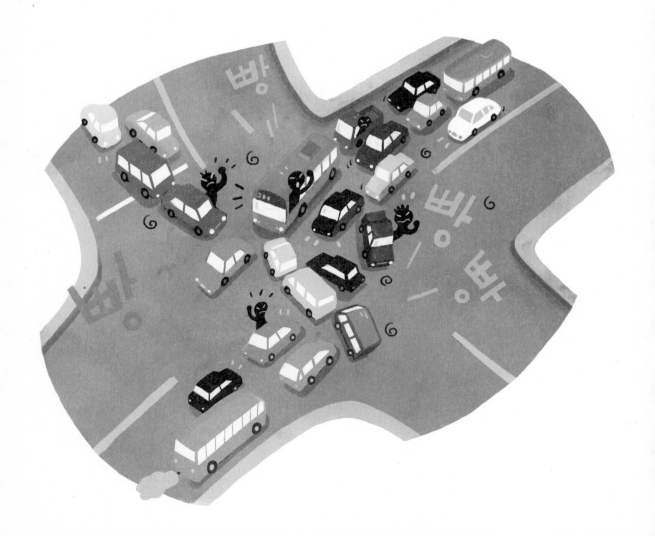

래서 사고로 이어질 때가 많이 있지요.

이 모든 일은 규칙이나 법을 무시한 채 자신의 순서를 지키지 않았기 때문에 질서가 파괴 되면서 일어나는 사고들이에요. 그래서 우리는 별일 아닌 것 같은 작은 질서도 반드시 지켜야 하는 거랍니다. 줄을 서서 자신의 차례를 기다리는 작은 질서를 지킬 줄 아는 어린이가 나중에 자라서 큰 질서를 지킬 수 있게 될 테니까요.

법을 지키는 것은 어려운 게 아니에요. 질서를 지키는 길이 결국 법을 지키는 길이거든요. 성숙한 문화 시민이 되는 것, 작은 질서를 지키는 것에서 시작된다는 것을 꼭 기억하세요.

# 4

## 모두에게
## 피해를 줘요

"준식아, 이 강아지는 뭐니?"

"엄마, 이거 성주네 개 뽀미가 새끼를 낳았다고 성주가 한 마리 준 거예요. 저도 강아지 키우고 싶어요. 이 강아지 키우게 허락해 주세요. 네?"

준식이는 일을 끝내고 집에 돌아온 엄마에게 귀여운 강아지를 들어 보이며 말했어요. 하지만 애완동물을 키우는 게 얼마나 힘든지 잘 알고 있는 엄마의 표정은 밝지만은 않았어요.

"준식아, 강아지를 키우는 건 쉬운 일이 아니란다. 매일 밥도 줘야 하고, 산책도 시켜야 하고, 똥도 치워야 하고, 목욕도 시켜야 한단다. 이 모든 일을 잘 할 수 있겠니?"

"네! 제가 전부 할게요! 키우는 것만 허락해 주세요. 네?"

"그래, 알겠어. 대신 약속은 꼭 지키는 거다?"

"네!"

이미 집으로 데려 온 강아지를 돌려보낼 수도 없는 노릇이라 엄마는 준식이의 약속을 받아 내고 강아지 키우는 것을 허락해 주셨어요.

"엄마, 저 쨩아 데리고 산책 다녀올게요."

"쨩아? 강아지 이름이 쨩아니?"

"네, 최고의 강아지가 되라고 쨩아라고 지었어요."

"그랬구나. 그래, 쨩아 데리고 조심해서 다녀오렴."

준식이는 엄마와의 약속을 지키기 위해 쨩아를 데리고 집 앞에 있는 참돌 공원에 산책을 나갔어요.

넓은 공원에 도착하자, 쨩아는 신이 났는지 이곳저곳을 정신없이 마구 돌아다니기 시작했어요.

"짱아야! 형한테 와!"

하지만 짱아는 자신을 부르는 준식이를 따라가기보다는 지나가는 다른 사람들의 뒤를 졸졸 쫓아 다니고 달려들었어요.

'그래. 집 안에서는 뛰어다니지 못 하니깐, 공원에서는 마음껏 뛰놀게 내버려 둬야겠다.'

준식이는 흥분한 짱아가 공원을 마음껏 뛰어다닐 수 있게 내버려 두었어요.

"앗! 깜짝이야! 얘야, 강아지 좀 잘 챙겨."

짱아가 공원을 신 나게 뛰어다닐수록, 달려드는 짱아에 놀라는 사람들이 점점 늘어났어요. 준식이는 짱아 때문에 놀라는 사람들을 보자 미안한 마음이 들었어요. 그래서 이제 그만 집으로 돌아가야겠다고 생각했어요. 그런데 그때 짱아의 행동이 조금 이상했어요.

'어? 왜 저러지?'

갑자기 엉덩이를 뒤로 쭉 뺀 짱아가 산책로에 똥을 싸 버린 거예요.

"야! 너 여기서 똥을 싸면 어떡해!"

준식이는 어찌할 바를 몰랐어요.

'아, 어쩌면 좋지? 똥을 치울 걸 아무 것도 안 가지고 왔는데…….'

준식이는 불안한 마음에 주위를 살펴보았어요. 다행히 짱아가 저지른 잘못을 본 사람은 아무도 없는 것 같았어요. 준식이는 서둘러 짱아를 데리고 집으로 향했어요.

그때였어요. 뒤에서 어떤 여자의 비명 소리가 들렸어요.

"꺄아악! 이게 웬 개똥이야! 정말! 개를 데리고 나왔으면 똥을 치
워야 할 거 아냐!"

준식이는 뒤도 돌아보지 못한 채 걸음을 재촉했어요.

준식이는 공공장소에 애완동물을 데리고 왔을 때 지켜야 하는 법
을 어겼어요. 목줄을 매지 않은 채 애완동물이 마음껏 돌아다니게 했
고, 애완동물인 짱아가 사람들이 다니는 산책로에 싼 똥을 치우지 않
았어요. 그래서 목줄을 매지 않아 자유로워진 짱아가 다른 사람들에게
마구 달려드는 바람에 사람들이 놀라고 무서워했어요. 짱아가 싼 똥을
다른 사람이 밟아 피해를 입게 되었고요. 결국 공원 안에 있던 많은 사
람이 불쾌함을 느끼게 된 거예요. 이렇게 모두와 함께하기 위한 법을
어기면 다른 사람에게 피해를 주게 되므로 반드시 지켜야 해요.

만약 준식이처럼 목줄을 매지 않은 애완동물을 공원에 데리고 오
는 사람이 많아지면 어떻게 될까요? 또 애완동물의 배설물을 치우지
않는 사람이 많아진다면요? 아마 공원은 더 이상 모든 사람이 함께할
수 없는 장소가 될 거예요. 여기저기 돌아다니는 애완동물과 널려 있

는 배설물로 공원을 찾는 사람들이 무서움과 불쾌함을 느낄 테니까요.

애완동물을 잘 돌보지 못해 다른 사람에게 피해를 주는 예는 비단 이 두 가지만 있는 것이 아니에요. 사람을 심하게 경계하는 강아지를 공원에 데려와서 주인이 신경 쓰지 않는다면 어떻게 될까요?

강아지가 사람이 보일 때마다 짖어 시끄러운 소음을 만들 거예요. 사람들에게 위협감을 주기도 하고, 기분을 상하게 할 수도 있어요. 또한 사나운 강아지를 놓치기라도 해서 산책하던 사람이 물린다면 정말 큰 피해를 주게 되는 것일 테고요.

그래서 피해를 입는 사람들이 발생하지 않도록 법으로 자신의 애완동물을 돌보지 않고 책임지지 않는 것도 죄라고 정해 놓은 거예요. 이렇게 법은 나의 실수나 잘못으로 인해 피해를 입을지도 모를 다른 사람을 지키기 위해 존재하기도 한답니다.

그런데 한번 잘 생각해 보세요. 준식이가 짱아를 목줄에 매지 않고 똥을 치우지 않은 것이 정말 다른 사람들에게만 피해를 준 것일까요? 겉으로만 보면 그럴 수 있어요. 준식이는 개똥을 밟지도 않았고, 짱아를 혐오스러워 하지도 않으니까요. 또한 똥으로 더러워진 공원 때문에 기분이 상하지도 않았으니까요. 하지만 양심의 문제에서 살펴보면 준식이도 결코 피해가 없는 것이 아니랍니다.

법을 어기고 그것을 모르는 척 외면하는 사이, 준식이의 양심은 조금씩 병들게 되기 때문이에요. 준식이에게 직접적으로 불편한 일이 벌어지지 않았어도, 준식이의 양심은 자신이 무엇을 잘못했는지 알기 때문이지요. 그래서 겉으로는 괜찮아 보여도 마음의 중심, 잘못과 실수를 깨닫는 양심은 점점 상하게 되는 거지요.

여러분은 상한 음식을 먹을 수 있나요? 아니지요. 상한 음식을 먹으면 탈이 나기 때문에 우리는 유통기한이 지난 음식은 먹지 않아요. 그런데 사람도 마찬가지예요. 정해진 법들을 지키지 않은 채 편한 대로만 생활하면 내 마음속 양심은 계속 상하게 되고, 나중에는 부패되어서 옳고 그른 것을 구별조차 하지 못하는 어리석은 사람이 될지도 몰라요.

법학자 엘리네크는 "법은 최소한의 도덕이다."라고 했어요. 최소한의 도덕이라는 말은 사람이 가지고 있는 양심 안에 법이라는 규율이

42

있다고 생각하면 돼요. 법은 결코 지키기 힘든 규칙을 정해 지키기 어렵게 만든 것이 아니에요. 우리가 살아가면서 지켜야 할 가장 기본적인 양심을 법으로 만들어 놓은 것이에요.

이제 최소한의 도덕인 법을 지키려 노력해 보는 것은 어떨까요? 법이기 때문에 지키라는 것이 아니에요. 인간으로서 지켜야 하는 기본적인 양심을 지키기 위해서 노력해 보자는 말이지요. 책임감 있는 양심만이 다른 사람에게 주는 피해와 나에게 오는 피해를 줄일 수 있다는 사실을 잊지 마세요.

# 5
## 서로를 믿을 수 없어요

여러분은 나에게 솔직하게 이야기하는 친구와 매번 거짓말을 하는 친구 중 어떤 친구를 더 믿을 수 있나요? 당연히 거짓말을 자주 하는 친구보다는 자신의 마음을 솔직하게 이야기하는 친구를 더 신뢰할 거예요. 솔직한 말은 다른 사람에게 믿음을 줄 수 있는 아주 중요한 역할을 하니까요.

그런데 믿음을 만드는 데 있어 말만큼이나 중요한 것이 있어요. 바로 그 사람의 행동이에요. 우리는 사람들의 행동을 통해 그 사람의 됨됨이를 짐작할 수 있어요. 그 사람이 믿을 만한 사람인지 그렇지 않은지도 짐작할 수 있지요.

만약에 내가 친구들을 사랑한다고 말하면서 매일 때리고 괴롭힌다면, 과연 친구들은 내가 자신들을 사랑한다는 것을 믿을 수 있을까요? 내가 친구들을 사랑하는 마음이 진심이라고 해도 나의 행동으로 인해 친구들은 나의 진심을 믿지 않을 거예요.

말과 행동이 일치할 때 우리는 서로를 더욱 믿을 수 있게 되지요. 그렇기 때문에 내가 뱉은 말 뒤에는 반드시 그에 맞는 행동이 따라야 해요. 솔직하게 이야기하는 사람의 정직한 행동은 그 사람을 믿을 수 있게 도와줘요. 하지만 아무리 진심이 담긴 말이라고 해도 행동이 성실하지 못하다면 그 사람을 믿을 수 없게 되는 거지요.

그렇다면 어떤 행동이 서로의 믿음을 깨뜨리는 행동일까요? 미연이의 이야기를 통해 알아보도록 해요.


미연이에게는 소정이라는 친구가 있어요. 소정이는 미연이에게 매번 맛있는 것도 사 주고, 예쁜 인형도 주면서 잘 대해 주었어요. 그래

서 미연이는 소정이를 매우 좋아했어요. 소정이를 좋은 친구라고 생

각했고 믿을 수 있는 친구라고 생각했지요.

"소정이 넌 나한테 정말 소중한 친구야, 알지? 난 널 믿어."

"응, 나도 그래. 우리 영원히 친하게 지내자!"

미연이와 소정이는 서로를 소중하게 생각하고 믿었어요.

그러던 어느 날이었어요.

"미연아! 나 스케치북 사라고 엄마가 돈 줬는데, 같이 갈래?"

"그래, 알겠어."

미연이는 소정이와 함께 문방구에 갔어요.

"스케치북이 어디에 있더라?"

소정이가 스케치북을 찾으러 간 사이, 미연이는 문방구의 물건들을 천천히 구경했어요. 그러다 구석에 가지런히 놓여 있는 스케치북을 발견했지요.

'어? 스케치북이 여기 있었네? 소정이에게 갖다 줘야겠다.'

스케치북 한 권을 손에 든 미연이는 소정이를 찾기 시작했어요. 그러다가 펜 진열대 앞에 있는 소정이를 발견했지요.

"소정아, 스케치북 여기 있……."

순간 미연이는 믿을 수 없는 장면을 보고 말았어요. 소정이가 펜 진열대에 있던 무언가를 슬쩍 주머니에 넣다가 미연이와 눈이 딱 마주치고 만 것이었어요.

"소……소정아!"

미연이가 놀란 나머지 소정이를 불렀어요. 소정이도 갑작스러운 미연이의 등장에 당황해 '쉿!'하며 손가락을 입에 댔지요. 소정이는 서둘러 미연이가 가지고 온 스케치북을 받아 들고 계산대에 섰어요.

"아주머니, 이거 얼마예요?"

"1,000원이란다."

"여기 있어요. 미연아, 가자!"

소정이는 주머니에 넣은 것은 계산하지 않았어요. 그러고는 아직 어안이 벙벙한 표정을 짓고 있는 미연이를 데리고 황급히 문방구를 빠져나왔지요. 문방구와 거리가 멀어지자 소정이는 미연이에게 솔직하게 고백했어요.

"알아, 나도. 이러면 안 되는 거……. 너무 갖고 싶은데 돈이 모자라서 그랬어. 비밀 지켜줄 거지? 난 널 믿어."

"그…… 그래, 알았어."

미연이는 곤란했어요. 소정이가 솔직하게 고백은 했지만, 뭔가 소정이에 대한 믿음이 사라지는 듯 했어요.

그날 이후 미연이의 마음에는 소정이에 대한 불신의 마음이 자라기 시작했어요. 반 친구가 무엇을 잃어버렸다고 하면 가장 먼저 소정이를 의심하게 될 정도였지요. 결국 단짝이었던 둘은 자연스럽게 사이가 멀어지게 되었어요.

이야기에서 보았듯이 소정이와 미연이는 서로를 믿고 의지하던 단짝이었어요. 하지만 순간의 유혹을 못 참아 물건을 훔친 소정이의 모습에 미연이는 더 이상 친구를 믿을 수 없게 된 거예요. 나의 것이 아닌 것을 훔치는 것은 나쁜 행동이에요. 아무리 좋은 사람이라고 해도, 나에게 잘해 준다고 해도 남의 것을 훔치는 나쁜 행동을 보게 되면 더 이상은 그 사람을 믿을 수 없게 될 거예요.

옛날에 도둑질을 해서 감옥에 다녀온 바람에 전과자가 된 사람이 있었어요. 전과자란 전에 죄를 지어서 형벌을 받은 일이 있는 사람을 말해요. 전과자는 감옥에서 나온 후 새로운 마음과 각오로 열심히 살려고 노력했지요.

그러던 어느 날 형사들이 이 전과자를 찾아왔어요. 알고 보니 이 전과자가 어제 아내에게 선물을 사려고 들렀던 보석 가게에 도둑이 들었다는 거예요.

"아, 형사님. 이번에는 정말 제가 아닙니다!"

"바른 대로 말하는 게 좋을 거야! CCTV에 다 잡혔어. 체구도 딱 너고, 옛날의 전적을 봐서도 너야!"

형사는 이 전과자가 보석 가게에 들렀다는 증거 말고는 다른 증거
가 없었어요. 그래서 계속 솔직하게 말하라며 다그쳤지요. 착하게 살
기로 마음먹은 전과자의 입장에서는 참으로 억울한 일이었어요.

여러분이 보기에는 어떤가요? 형사들은 분명 잘못된 범인을 잡아
온 거였어요. 전과자가 범인이 아니라는 말은 진실이지만, 형사들은
그 말을 믿지 않았어요. 전과자는 전에도 법을 어기고 도둑질이라는

나쁜 행동을 한 적이 있었기 때문이에요. 그래서 그의 말을 믿지 않고 계속 의심하고 추궁하며 자백을 받아 내려고 했던 것이지요.

나쁜 행동은 사람들에게 믿음을 줄 수 없어요. 믿음을 주기 원한다면 자신이 하는 말만큼 행동도 정직하고 진실해야 하지요. '열 마디의 말보다 한 번의 행동이 중요하다.'라는 말이 있지요? 우리가 서로를 믿고 신뢰할 수 있는 것도 '너를 믿는다.'는 열 번의 고백보다는 한 번의 믿을 수 있는 행동 때문이랍니다.

미국 연방 수사국 FBI에서 25년간 특별 수사관으로 활동한 조 내버로도 자신의 책 《행동의 심리학》에서 '사람의 행동은 말보다 정직하다.'라고 했어요. 입에서 나오는 말은 거짓말을 할 수 있지만, 사람의 행동은 거짓을 말할 수 없다는 이야기지요. 그렇기에 말보다 행동이 진실될 때 그 사람을 더 믿을 수 있는 거예요.

이제 친구들을 신뢰하고 믿기 위해서는 어떤 행동을 해야 하는지 알겠지요? 법을 지키는 것은 곧 서로 간의 믿음을 지키고 신뢰를 주는 것이라는 사실을 꼭 기억해 두세요.

## 6
## 약한 사람도
## 소중해요

여러분 앞에 두 개의 화분이 있어요. 한 화분은 건강해 보이고 한 화분은 시들시들 생명이 위태로워 보여요. 여러분이라면 어느 화분에 물을 먼저 줄 것 같나요? 아마 대부분의 친구들이 시들시들한 식물이 있는 화분에 먼저 물을 주려고 할 거예요. 사람이라면 약한 것을 먼저 보호하려는 행동이 아주 자연스러운 반응이니까요.

세상에 태어날 때 모든 사람이 똑같은 조건으로 태어나지는 않아요. 똑같은 환경에서 자라지도 않고요. 이런 여러 가지 이유로 어떤 사람은 다른 사람보다 신체적으로, 환경적으로, 정신적으로 조금 부족할 수 있어요. 그 부족함은 그들의 삶을 더 힘들게 하기도 하지요.

그런데 이런 사람에게도 평범하고 부족함이 없는 사람에게 주어지는 규칙을 똑같이 지키게 하는 것이 과연 공평한 방법일까요?

5살짜리 꼬마와 15살짜리 학생이 100미터 달리기 시합을 해요. 같은 출발선에서 시작하는 것이 공평해 보이나요? 아니요. 누가 봐도 공평해 보이지 않지요. 5살 꼬마에게는 15살 학생보다 30초 정도 먼저 뛸 수 있도록 배려해 주는 것이 공평한 방법 아닐까요?

5살 꼬마 아이처럼 우리 주변에는 보호받아야 할 약한 사람들이 많이 있어요. 이런 사람들은 평범한 사람들의 이해와 배려, 양보로 함께 어울려 살아갈 수 있지요. 그런데 막상 약한 사람들과 함께 생활하다 보면 답답하고 불편해서 보호하기 보다는 차별하게 되는 경우가 많아요. 그래서 이러한 차별로 인해 약한 사람이 겪게 될 수도 있는 부당함 등에서 이들을 보호하기 위해 법이 존재하는 거예요. 그래야 우리와 함께 사는 그들의 생활이 조금 더 공평해지니까요.

약한 사람을 위해 사회에서는 어떤 법을 만들어 놓았는지, 다음 이야기를 통해 함께 살펴보도록 해요.


"아, 진짜 불공평해요! 장애우가 얼마나 있다고 주차장에 장애우 자리만 따로 만들어 놔요?"

엄마와 은행에 간 정우는 은행 문 바로 앞자리에 주차할 수 없다는 것이 화가 났어요. 문 바로 앞자리는 장애우를 위한 전용 자리였지요. 그 장애우 전용 자리 때문에 해가 쨍쨍 비추는 더운 날에도 문과 멀리 떨어진 곳에 자동차를 주차하고 걸어와야 한다는 사실에 정우는 심술이 났어요.

"정우야, 그래도 그 자리는 비워 놔야 해. 그 자리는 몸이 불편하신 분들을 위한 자리잖니."

엄마는 심술이 난 정우의 얼굴에 난 땀을 닦아 주며 말했어요.

"만약 우리가 이 자리에 자동차를 주차해 놓았는데, 다리가 불편하신 분이 오셨다고 생각해 보자. 은행 문 앞에 있는 전용 자리가 없어서 멀리 주차하게 되겠지? 그러면 그분은 힘들게 이 거리를 걸어와야 할 거야. 정우는 튼튼한 두 다리가 있으니까 이 거리를 걸어오는 게 힘든 일이 아니야. 하지만 다리가 불편하신 분들께는 조금 더 걷는 것도 힘든 일이란다."

엄마는 정우에게 왜 주차장의 장애우 자리를 양보해야 하는지 알기 쉽게 차근차근 설명해 주었어요.

"그래도 우리가 먼저 왔는데 좋은 자리에 못 세우는 건 너무 불공평해요!"

정우는 엄마의 말을 이해할 수 없었어요. 언제 올지 모르는 장애우 때문에 좋은 자리를 양보하고, 손해를 보아야 한다니 짜증만 났어요.

엄마는 툴툴거리는 정우를 데리고 은행에 들어왔어요. 번호표를 뽑고 순서를 기다리면서 정우는 이리저리 책꽂이에 꽂힌 책을 들춰 보며 시간을 보냈어요. 그런데 집에서부터 살살 아프던 배가 더 아파지면서 화장실이 가고 싶어졌어요.

"엄마, 저 배가 너무 아파요. 화장실 좀 다녀올게요."

"그래. 혼자 다녀올 수 있지?"

"네!"

대답을 마친 정우는 부리나케 화장실로 달려갔어요. 그러고는 화장실에 들어서자마자 바로 문 옆에 있는 칸으로 들어갔어요.

"으으윽! 아이고, 배야……."

정우는 배가 아파 한참을 변기에 앉아 볼일을 보았어요. 그런데 볼일을 마치고 화장실 문을 열고 나와 보니 휠체어를 탄 아저씨 한 분이 문 밖에서 기다리고 계셨어요.

정우는 옆의 칸에 사람이 있어서 자신이 들어간 칸 앞에서 기다리는 줄 알았어요. 그런데 손을 씻다가 보니 옆의 칸도 비어 있었어요. 아저씨는 화장실에서 한 칸밖에 없는 장애우 이용 칸만 사용할 수 있었기 때문에 정우가 나올 때까지 밖에서 기다리셨던 거예요. 자신때문에 아저씨가 한참을 기다렸다고 생각하니 정우는 죄송한 마음이 들었어요.

생각해 보세요. 정우가 화장실에 있는 장애우 이용 칸을 사용한 것은 과연 공평한 행동이었을까요? 건강한 정우는 화장실에 있는 모든 칸을 사용할 수 있었어요. 하지만 몸이 불편한 아저씨는 장애우를 위한 그 한 칸밖에 사용할 수 없었지요. 따라서 정우는 좀 더 세심하게 신경을 써서 일반 칸에 들어갔어야 했어요. 그게 바로 서로에게 공평한 일이었을 테니까요.

몸이 불편하다고 해서 아저씨처럼 무조건 기다리고 참을 순 없어요. 불편을 감수하고 시간을 낭비하기에는 이들의 시간 또한 너무나 소중하니까요.

우리나라의 공공시설과 대중교통에는 신체가 불편한 약자를 배려하기 위해 지정석을 만들어 놓았어요. 그런데 대부분의 경우 이 자리는 지켜지지 않고 있어요. 자리를 만드는 것은 법으로 정해져 있지만, 그곳에 꼭 몸이 불편한 사람만 앉아야 한다는 법은 정해지지 않았거든요. 그래서 일반인도 앉을 수 있는 것이지요.

약자를 지키기 위해 공공시설과 대중교통에 자리를 만들어 놓는 것이 나라의 역할이라면, 그것을 제대로 실천하는 일은 우리의 역할이에요. 아무리 좋은 법도 모두가 지키지 않는다면 아무 쓸모가 없으니까요.

혹시 정우처럼 약한 사람이 받는 대우가 일반 사람에게 불공평하다고 느낀 적이 있나요? 그것이 특별한 혜택으로 느껴져 약한 사람에게 양보하거나 배려하기 보다는 나 편한 대로만 생각하고 생활하고 있지는 않나요? 그런데 조금만 더 생각해 보면 우리가 실천해야 할 일은 그들이 우리와 함께 생활하기 위해 필요한 최소한의 것이랍니다.

모두에게 공평한 사회는 약한 사람들에 대한 충분한 이해와 배려가 있을 때에 이룰 수 있는 거예요. 그들이 버스나 지하철을 타고, 은행 업무를 보고, 마트에서 장을 보는 등 생활을 유지할 수 있도록 마련된 여러 법적인 시설과 제도는 우리가 함께 지킬 때 그 빛을 발한다는 사실을 잊지 마세요.

## 7 법을 지켜야 나라를 지킬 수 있어요

　대한민국의 주인은 누구일까요? 대통령일까요? 아니면 정치하는 정치인들일까요? 둘 다 아니에요. 바로 우리가 대한민국의 주인이고, 이 나라를 지켜야 하는 국민이에요. 헌법 제1조에는 '대한민국은 민주 공화국이다.'라는 조항과 '대한민국의 주권은 국민에게 있고, 모든 권력은 국민으로부터 나온다.'라는 조항이 나와 있어요. 이 말은 곧 대한민국을 지키는 힘이 국민에게 있고 국민이 주인이라는 말이에요. 하지만 모든 국민이 나라를 이끄는 일에 참여할 수는 없어요. 그래서 우리는 우리를 대신해 나라를 이끌어 줄 사람을 뽑고 나라를 잘 이끌어 달라고 믿고 맡기는 거예요.

그렇다면 나라를 지키는 일은 대통령과 정치인들에게 맡겨 놓기만 하면 되는 걸까요? 그렇지 않아요. 모든 국민이 나라에서 정한 규칙인 법을 잘 지키고 이행해야 나라가 잘 지켜질 수 있는 것이랍니다.


"내일은 7월 17일 제헌절이에요. 그래서 내일 사회 시간에는 제헌절이 어떤 날인지 함께 이야기해 볼 거예요."

"선생님, 제헌절이 뭐예요?"

지아가 손을 들고 선생님께 여쭤 봤어요.

"제헌절이 어떤 날인지 아는 친구가 있나요?"

교실 안은 조용해졌어요. 아무도 제헌절이 어떤 날인지 모르는 것 같았어요.

"제헌절은 대한민국이 헌법을 공포한 날을 기념하는 국경일이에요. 헌법을 정하고 발표해 민주주의 국가로 떳떳한 한 나라로 섰다는 것을 의미하지요. 더 자세한 건 각자 집에서 조사해 오는 걸로 해요."

지아는 집에 돌아오자마자 엄마에게 달려가 물었어요.

"엄마, 내일이 제헌절이래요! 헌법을 발표한 것을 기념하는 날이라 던데, 헌법이 뭐예요?"

지아의 물음에 엄마는 어떻게 설명을 해 줘야 할지 고민이 되었어요.

"지아야, 엄마도 정확히 설명해 주기에는 좀 힘드네? 우리 함께 인 터넷으로 찾아볼까?"

"네! 좋아요!"

지아와 엄마는 컴퓨터를 켜고 헌법에 대해 찾기 시작했어요.

"어? 엄마, 여기 나와 있어요. 헌법!"

## 헌 법(憲法)

국가 통치 체제의 기초에 관한 각종 근본 법규의 총체를 말한다.
모든 국가가 정해 놓은 법의 체계적 기초로서 국가의 조직,
구성 및 작용에 관한 근본법이며, 다른 법률이나 명령으로써
변경할 수 없는 한 국가의 최고 법규이다. 또한 자유주의
원리에 입각하여 국민의 기본적인 인권을 보장하고, 국가의
정치 기구 특히 입법 조직에 대한 참가의 형식 또는 기준을
규정한 근대 국가의 근본법을 말한다.

엄마와 지아는 열심히 모니터의 설명을 읽기 시작했어요. 그런데
지아는 인터넷에 나온 설명이 너무 어려웠어요. 눈을 크게 뜨고 집중
해서 읽어도 이해가 잘 되지 않았어요.

"엄마, 무슨 말인지 하나도 모르겠어요."

엄마는 인터넷에 나와 있는 헌법을 읽으시더니 지아에게 차근차근 설명해 주기 시작했어요.

"지아야, 헌법은 대한민국의 가장 기본이 되는 법이라고 생각하면 된단다. 법의 가장 기본적인 항목들이 정리되어 있는 거야. 대한민국의 주인이 국민이란 내용도 나와 있고, 국민으로서 지켜야 하는 의무와 국민으로서 갖는 권리에 대한 내용도 이 헌법에 다 실려 있단다. 또 국회와 정부, 법원 등 여러 국가 시설에 관한 법도 정리되어 있단다. 이해가 가니?"

지아는 여전히 아리송했어요.

"그럼 우리나라에는 원래 헌법이 없었어요?"

"헌법이 아닌 다른 법이 있었지. 조선 시대에는 경국대전과 속대전과 같은 법전이 있었다고 하네? 그런데 조선 시대에는 신분 제도가 있어서 신분에 따라 차별을 당해야 했었어. 모두에게 평등한 법이 아니었지. 하지만 지금 우리나라의 헌법은 나라의 주인이 우리고, 모든 사람을 평등하게 보고 있단다."

엄마와 지아는 헌법을 발표한 날인 제헌절에 대해서도 검색해 봤어요.

### 제헌절 (制憲節)

1948년 7월 17일, 대한민국 '헌법' 공포를 기념하는 국경일이다. 5대 국경일의 하나로 조선 왕조 건국일인 7월 17일에 맞추어 공포하였다. 이 날은 대한민국이 자주독립의 떳떳한 민주 국가임을 세계만방에 공포한 것을 온 국민이 축하하고 기념하는 날로, 각종 기념행사를 열고, 국기를 게양하여 그 뜻을 높이고 있다.

"엄마, 그런데요. 옛날에는 제헌절이 공휴일이었다고 하던데, 사실이에요?"

"그래. 제헌절은 원래 3·1절(3월 1일), 광복절(8월 15일), 개천절

(10월 3일), 한글날(10월 9일)과 함께 5대 국경일로 그날을 기억하기 위해 공휴일로 지켰었단다. 그러다가 2008년부터 무휴 국경일이 되었지. 2006년부터 공공기관에서 일주일에 5일씩만 근무하게 되면서 휴일이 너무 많아졌다는 이유 때문이었어. 결국 제헌절은 식목일(4월 5일)과 함께 공휴일에서 제외되어 2008년부터 쉬지 않는 국경일이 되었단다."

지아는 엄마의 말에 고개를 끄덕이며 말했어요.

"아하, 그래서 제헌절이 지금은 공휴일이 아닌거군요. 엄마, 이제 헌법과 제헌절에 대해 조금은 알 것 같아요."


제헌절이 법정 공휴일에서 제외되면서 많은 사람이 7월 17일이 어떤 날인지 기억하지 못하고 지나치는 경우가 많아요. 하지만 우리는 제헌절을 잊지 말고 기억해야 해요. 법을 지키는 것은 나라를 지키는 일이기 때문이에요.

만약 우리에게 법이 없다면 우리가 사는 대한민국은 엉망진창이 될 거예요. 교통법규가 없으면 교통사고가 많아져서 소중한 생명을 지키지 못하는 일이 많아질 거예요. 함께 살기 위해 필요한 생활 속 법규가 없으면 많은 사람이 서로 의심하고 미워하며 살게 될 거고요. 약한 사람을 보호하는 법이 없다면 공평하지 못한 사회가 될 거예요. 개인의 이기적인 마음 때문에 다른 사람에게 피해를 주는 일도 많이 벌어지게 되겠지요.

이렇듯 소중한 법은 나라를 대표하는 대통령만 지키면 되는 것이 아니고, 나라를 이끄는 정치인들만 지키면 되는 것도 아니에요. 대한민국의 주인은 국민이기 때문에 질서 있는 나라를 위해서는 모든 국민이 함께 법을 잘 지켜야 한답니다.

헌법에는 국민의 4대 의무에 대해서도 명시되어 있어요. 이것은 대한민국 국민으로서 마땅히 지켜야 하는 법이지요.

4대 의무는 국민으로서 나라를 지켜야 하는 '국방의 의무', 모든 국민이 법으로 정해진 기간 동안 교육을 받을 '교육의 의무', 모든 국민이 나라의 발전을 위해 일을 해야 할 '근로의 의무', 모든 국민이 국가 유지에 필요한 세금을 내야 할 '납세의 의무'로 국가의 유지와 발전을 위해 꼭 필요한 거예요. 국가의 유지와 발전은 곧 개인의 발전으로 연결되기 때문이에요.

하지만 가끔씩 군대를 가지 않으려고, 세금을 안 내려고 하는 사람들의 이야기가 텔레비전 뉴스에 나올 때가 있어요. 이 사람들은 앞을 보는 눈은 있지만, 자신의 편함과 이익에만 눈이 먼 사람들이 아닐까요?

법을 만들고, 기억하고, 지키는 건 모든 국민의 행복한 삶을 위한 거예요. 내가, 우리가 이 나라의 주인임을 잊지 말고, 법을 지켜야 우리나라를 지킬 수 있다는 사실을 기억하도록 하세요.

# PART 2

# 법, 바르게
# 알고 지켜요

# 법은 불편한게 너무 많아요

"엄마! 같이 자전거 타러 나가요!"

저녁을 먹고 난 후 솔민이는 새로 산 자전거를 바라보며 엄마에게 말했어요.

"좋아! 대신 지난번처럼 마음대로 돌아다니면 안 된다. 약속해. 그리고 안전모도 꼭 착용해야 해."

"엄마, 안전모를 쓰는 건 너무 불편해요. 그리고 조금 창피하단 말이에요."

"그래도 안전모를 꼭 써야 자전거를 타고 나갈 수 있어."

엄마의 단호한 말에 솔민이의 표정은 금세 시무룩해졌어요. 안전모를 쓰는 건 너무 불편하고 귀찮았기 때문이에요.

"알겠어요. 안전모 쓰고 나갈게요."

솔민이는 부모님이 새로 사 주신 두발자전거가 매우 마음에 들었어요. 그래서 매일매일 타고 싶었지요. 하지만 자전거를 타러 나갈 때면 엄마는 항상 안전모를 쓰라고 잔소리하셨어요. 오늘도 솔민이는 엄마의 잔소리를 들으며 자전거를 타고 집 가까이에 있는 참돌 공원으로 향했어요.

"솔민아, 사람이 다니는 길에서는 자전거를 끌고 가야 해."

"엄마, 여기는 사람이 별로 없잖아요. 여기서만 타고 이따 큰길에서는 끌고 갈게요."

솔민이는 이미 자전거를 타고 바퀴를 밟고 있었어요.

"그럼 주변에 사람이 있나 없나 먼저 살펴보도록 하렴."

"끼이익!"

그때였어요. 엄마의 말이 끝나기가 무섭게 오른쪽 골목길에서 다섯 살쯤 돼 보이는 꼬마가 뛰어나온 거예요. 다행히 부딪치지는 않았지만 솔민이는 많이 놀란 표정으로 엄마를 바라봤어요.

"어머, 꼬마야! 괜찮니? 정말 미안하구나. 어디 다친 데는 없니?"

아이는 갑자기 나타난 자전거에 많이 놀랐는지 금방이라도 울 것처럼 울먹거렸어요. 엄마는 그런 아이에게 사과를 하며 뒤쫓아 온 아이의 엄마에게 돌려보내 주었지요.

"솔민아, 그러게 엄마가 사람이 다니는 곳에서는 자전거를 끌고 가야 한다고 했잖니."

"네, 엄마……."

솔민이는 어쩔 수 없이 자전거를 끌고 가기 시작했어요. 하지만 자전거를 타는 건 신이 났는데, 끌고 가는 건 힘들고 재미가 없었어요. 엄마 눈치를 살피던 솔민이는 다시 자전거 안장에 엉덩이를 붙였어요.

엄마도 계속해서 이야기하는 것이 지쳤는지 더 이상 솔민이의 행동에 뭐라고 하지 않으셨지요. 그렇게 참돌 공원으로 향해 가던 중에 횡단보도가 나왔어요. 빨간불을 확인한 솔민이는 왼쪽 발로는 땅을 짚고 오른쪽 발은 페달에 얹은 채 신호가 바뀌기만을 기다렸어요.

"솔민아, 횡단보도에서는 반드시 자전거를 끌고 가야 해. 사람들이 많이 오고가기 때문에 더 위험하단다."

"아, 엄마. 한 번만 타고 갈게요. 조심해서 가면 되잖아요."

솔민이는 조금 전에 꼬마와 부딪칠 뻔했던 걸 잊었는지, 또다시 고집을 부리며 자전거에서 내려오지 않았어요. 그런 솔민이의 모습에 엄마는 고개를 절레절레 흔들어 보였지요.

그때 마침 신호가 파란불로 바뀌었어요. 그러자 솔민이는 오른쪽 발에 힘을 주어 페달을 밟기 시작했어요. 솔민이는 엄마에게 사람들이 있는 곳에서 자전거를 타도 잘 건너갈 수 있다는 걸 보여 주고 싶었어요.

'저기 오는 사람들을 잘 피해서 가면 이제 엄마도 더 이상은 위험하다고 안 하시겠지?'

솔민이는 요리 조리 사람들을 피해 횡단보도를 건너기 시작했어요. 사람들을 이리저리 피해 자전거를 타는 기분이 아주 흥미진진했어요. 한껏 기분이 좋아진 솔민이는 반대쪽에서 오는 아저씨를 피하려고 핸들을 왼쪽으로 틀었어요. 그런데 큰일이 났어요. 아저씨도 솔민이의 자전거를 보고 피하려고 왼쪽으로 움직인 거예요.

"어어?"

솔민이는 갑자기 바뀐 아저씨의 위치에 당황했어요. 솔민이와 보행자 아저씨가 서로 피하려고 방향을 바꾸었는데 그게 같은 방향이었던 거였지요. 결국 솔민이와 아저씨는 서로를 피하지 못하고 부딪쳐 넘어지고 말았어요.

"으아악~!"

솔민이는 넘어지면서 아스팔트 바닥에 부딪혀 무릎을 많이 다쳤어요. 다행히 안전모 덕분에 머리는 다치지 않았지요.

"솔민아!"

엄마는 넘어진 솔민이의 모습에 깜짝 놀라 솔민이에게 달려갔어요. 엄마 말을 안 듣고 자전거를 타다 넘어진 솔민이를 보니 화도 많이 났지만, 다친 모습을 보니 너무 마음이 아팠지요.

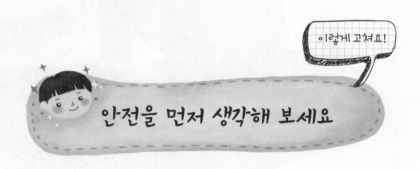

이렇게 고쳐요!

안전을 먼저 생각해 보세요

여러분이 생각하는 대로 법은 불편한 게 맞아요. 내 마음대로, 내가 하고 싶은 대로 할 수 없게 하니까요. 하지만 조금만 더 생각해 보면 그 불편한 법이 우리의 안전을 위해 만들어졌다는 것을 알 수 있어요.

솔민이의 이야기는 어떻게 보면 법과는 아무런 관련이 없어 보일 수도 있어요. 그저 우리의 평범한 일상일 뿐이니까요. 하지만 바로 그 평범한 일상에서의 안전을 지키기 위해 법이 존재하는 거예요.

신호를 만들고, 차와 사람이 언제 건너야 할지 시간을 약속하는 것은 서로의 생명을 지키기 위한 우리의 규칙이자 법이에요. 물론 내가 신호를 지키기 위해 길에 서서 기다려야 하는 번거로움도 있지요. 하지만 그것을 지켰을 때에만 우리는 안전을 보장받을 수 있답니다.

어린이가 자전거, 롤러스케이트, 인라인스케이트, 스케이트보드와 같은 위험한 운동 기구를 탈 때는 엄마나 아빠가 안전 장비를 채우도록 해야 해요. 어린이의 안전을 위해 법으로 정해 놓았기 때문이지요. 또한 자전거를 타고 길을 건널 때는 반드시 내려서 자전거를 끌고 가야 해요. 이것은 자전거를 타는 사람과 다른 보행자의 안전을 지키기 위해 정해진 법이에요.

법을 지키는 것이 때론 우리에게 귀찮고 불편할 때가 있어요. 하지만 무엇보다 소중한 내 안전을 생각한다면, 안전모를 쓰는 것도, 횡단보도에서 자전거를 타지 않고 끌고 가는 것도 불편하고 귀찮은 일이 아니라 소중한 일이 될 거예요.

　때로는 불편하고 귀찮게 느껴지는 법! 하지만 그 법을 지키는 일이 내 안전을 지키는 일임을 잊지 마세요.

● 도로 교통법 ●

제2장 보행자의 통행 방법 〉 제11조 (어린이 등에 대한 보호)

③ 어린이의 보호자는 도로에서 어린이가 자전거를 타거나, 안전행정부령으로 정하는 위험성이 큰 움직이는 놀이 기구를 타는 경우에는 어린이의 안전을 위하여 안전행정부령으로 정하는 인명 보호 장구를 착용하도록 하여야 한다.
〈개정 2013. 3. 23〉

제3장 차마의 통행 방법 등 〉 제13조의2 (자전거의 통행 방법의 특례)

⑥ 자전거의 운전자가 횡단보도를 이용하여 도로를 횡단할 때에는 자전거에서 내려서 자전거를 끌고 보행하여야 한다.

# 화를 어떻게 풀지 모르겠어요

'아, 오늘따라 얼굴이 더 까매 보이네……..'

학교 갈 준비를 하던 찬호는 거울 속에 있는 자신의 모습을 보고는 어깨가 축 늘어졌어요. 언제부턴가 학교에서 친구들이 깜댕이라고 놀리기 시작했고, 그 이후 찬호는 얼굴색에 부쩍 예민해졌어요. 어쩔 때는 얼굴색이 까매서 친구들이 자신을 피하는 것 같기도 했어요. 까매진 얼굴 때문에 찬호는 점점 스트레스를 받았어요.

'아, 학교 가기 싫다……..'

찬호는 점점 의기소침해졌고, 학교 가는 것이 즐겁지가 않았어요.

"찬호야, 표정이 안 좋네? 무슨 일이 있니?"

찬호의 표정을 보고 엄마가 걱정이 되어 물어보았어요. 하지만 찬호는 차마 솔직하게 이야기할 수가 없었어요.

"아무 것도 아니에요. 학교에 다녀오겠습니다."

찬호는 그렇게 무거운 발걸음으로 학교에 갔어요. 교실에 들어가니 반 아이들은 아침부터 신이 나서 뛰어다니고 있었지요. 조용히 자리에 와 앉은 찬호에게 정민이가 슬금슬금 다가왔어요.

"야! 너는 얼굴이 점점 더 까매지는 것 같아. 큭큭큭."

정민이는 찬호를 살살 약올리기 시작했어요. 집에서부터 까매진 얼굴 때문에 스트레스를 받았던 찬호는 아침부터 친구에게 놀림을 받으니 너무 속상하고 화가 났어요. 그래서 끓어 오르는 화를 참지 못하고 자리에서 벌떡 일어나 정민이를 쏘아보며 말했어요.

"야, 김정민! 너 지금 나한테 뭐라고 그랬어?"

"너 얼굴 까맣다고! 맞잖아. 거울 보면 알 거 아냐? 히히."

정민이는 찬호를 더욱 약올리려는 듯 웃으며 말했어요.

"뭐라고? 너 말 다했어?"

찬호는 너무 화가 나 자신도 모르게 정민이를 힘껏 밀쳤어요. 그러고는 바닥에 넘어진 정민이를 마구 때리기 시작했어요. 교실 안은 순식간에 엉망이 되어 버렸어요. 여자아이들은 소리를 질렀고, 남자아이들 몇 명은 찬호와 정민이 사이를 갈라 놓으려 노력했지요.

"찬호야! 그만해!"

교무실에서 달려오신 선생님께서 화가 나신 목소리로 찬호의 이름을 부르셨어요. 하지만 찬호는 아무 소리도 들리지 않았어요. 계속해서 정민이를 때리는 찬호를 붙잡으며, 선생님께서는 다시 한 번 찬호의 이름을 크게 부르셨어요.

"김찬호!"

찬호는 그제야 정신이 들었어요. 자신이 무슨 일을 저질렀는지는 잘 기억나지 않았지만, 마음 한 가득 자꾸만 화가 났어요. 교실 안에는 찬호의 거친 숨소리만 퍼져 나갔지요.

"으앙, 엄마~!"

정민이의 얼굴은 피와 눈물로 범벅이 되어 엉망이었어요.

"김찬호, 김정민! 선생님 따라 와. 일단 양호실부터 같이 가자."

그렇게 찬호와 정민이는 선생님을 따라 교실 밖으로 나갔고, 친구들은 웅성거리며 찬호와 정민이의 잘잘못에 대해 이야기했어요.

"야, 놀렸다고 저렇게까지 때리는 건 너무 심한 거 아냐?"

"그러게. 그런데 만날 찬호 놀리던 정민이도 잘한 건 없지 않아?"

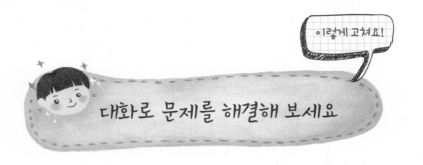

# 대화로 문제를 해결해 보세요

여러분은 너무 화가 날 때 어떻게 대처하나요? 여러분과 같은 어린이들뿐만 아니라 어른들도 너무 화가 날 때는 자신도 모르게 폭력을 사용하곤 해요. 하지만 폭력은 절대 용납될 수 없는 표현 방법이에요. 그래서 법으로도 폭력을 엄격하게 다스리고 있지요.

예전에는 학교 폭력에 대해 법적으로 제재하지 않았지만, 지금은 그 문제가 심각해지면서 학교 폭력도 법의 영향을 받고 있어요.

친구의 놀림에 너무 화가 난 찬호도 결국 정민이에게 폭력을 사용하고 말았어요. 찬호는 친구들의 놀림에 많은 스트레스를 받고 있었어요. 정민이가 먼저 놀렸기에 벌어진 일이니 정당한 방어라고 생각하는 친구들도 있을 거예요. 물론 정민이의 놀림도 분명한 폭력이에요. 하지만 안타까운 건 찬호도 똑같이 폭력을 사용했다는 거예요.

감정에 휩싸일 때일수록 우리는 더욱 침착하게 이성적으로 생각하고 문제를 해결해야 해요. 감정은 상황을 똑바로 보지 못하게 만들어요. '화'라는 감정에 휩싸이게 되면 실제 상황보다 더 심각하게 상황을 받아들여 문제가 되는 거예요.

우리는 배가 너무 고프면 맛이 없는 음식도 맛있게 먹을 수 있어요. 하지만 진짜 그 맛의 가치를 아는 것은 아니지요. '화'도 마찬가지예요. '화'라는 감정에 휩싸이면 제대로 문제를 바라보지 못해요. 작은 문제도 큰 문제로 보게 되어 자신도 모르게 과도한 행동을 하게 될 수 있는 거예요.

폭력은 폭력으로 대응하면 절대 안 돼요. 화가 나는 감정을 잘 추스르고 우선 대화로 해결해야 해요. 대화로 해결이 안 된다면 선생님이나 다른 기관에 도움을 요청해 보는 것이 좋아요.

만약 찬호가 정민이에게 "네가 나를 놀릴 때마다 기분이 나빠."라고 자신의 기분과 마음에 대해 솔직히 이야기했다면, 정민이도 자신의 행동과 찬호의 마음을 생각해 볼 수 있는 기회가 생겼을 거예요.

혹은 선생님께 "선생님, 정민이와 다른 친구들이 자꾸만 놀려요. 너무 화가 나서 더는 참기가 힘들어요."라고 말씀 드렸다면, 선생님

께서 찬호와 친구들 사이가 좋아질 수 있도록 지도해 주셨을 거예요.

속상한 마음을 혼자 꾹꾹 누르면 어느 순간 그 마음은 화로 변하게 돼요. 그 화는 순간적으로 폭발해 위험한 상황을 만들기도 하지요.

많은 학생이 학교 폭력으로 피해를 당하고 있어요. 그래서 나라에서는 법으로는 각 학교마다 '학교 폭력 대책 위원회'를 만들도록 했어요. 이곳에 나의 문제를 이야기하면, 가해 학생을 관리하고 피해 학생을 보호해 주지요. 꼭 내가 폭력을 사용하지 않아도 법의 도움을 받아 문제를 해결할 수 있는 곳이에요.

이제부터는 화가 날 때 폭력으로 대처하지 말고, 법의 도움을 받아 이성적이고 지혜롭게 문제를 해결하는 어린이가 되세요.

● 학교 폭력 예방 및 대책에 관한 법률 ●

제2조 (정의)

1. "학교 폭력"이란 학교 내외에서 학생을 대상으로 발생한 상해, 폭행, 감금, 협박, 약취 · 유인, 명예 훼손 · 모욕, 공갈, 강요 · 강제적인 심부름 및 성폭력, 따돌림, 사이버 따돌림, 정보 통신망을 이용한 음란 · 폭력 정보 등에 의하여 신체 · 정신 또는 재산상의 피해를 수반하는 행위를 말한다.

제20조 (학교 폭력의 신고 의무)

① 학교 폭력 현장을 보거나 그 사실을 알게 된 자는 학교 등 관계 기관에 이를 즉시 신고하여야 한다.

3

갖고 싶은데
어떻게하죠?

"혜림아, 오늘 학원 끝나고 나랑 혜정이네 집에 놀러 갈래?"

"혜정이네? 그래! 나 엄마한테 한번 물어보고 알려 줄게!"

혜정이네 집에 놀러가기로 한 오경이는 같은 반 친구인 혜림이에게도 같이 갈지 물어보았어요. 한 친구하고만 노는 것보다는 여럿이 함께 노는 게 더 재미있기 때문이었어요.

혜림이는 휴대폰으로 엄마한테 전화를 걸어 혜정이네 집에서 놀다 와도 된다는 허락을 받았어요. 그런데 혜림이가 전화할 때부터 오경이는 혜림이의 반짝이는 새 휴대폰에 눈길이 갔어요.

"우아! 혜림아. 너 휴대폰, 이거 스마트폰 아니야?"

"응, 맞아. 아빠가 이번에 생일 선물로 사 주셨어."

"진짜? 와! 좋겠다. 나 한번만 구경해도 될까?"

"응, 여기 있어."

오경이는 혜림이의 예쁘고 좋은 새 휴대폰이 부러웠어요.

'내 휴대폰은 별로 안 좋은 건데, 이건 되게 좋네? 와, 나도 이거 갖고 싶다. 몰래…… 가져가면 안 되겠지?'

오경이는 혜림이의 휴대폰이 너무 탐났어요. 휴대폰을 몰래 가져가고 싶은 마음이 굴뚝같았지만 꾹 참았지요.

"오경아! 우리 얼른 혜정이네 놀러 가자!"

"어, 알겠어. 잠깐만."

오경이는 그제야 혜림이에게 휴대폰을 돌려주고 가방을 챙겨 혜정이네 집으로 갔어요.

"안녕하세요."

문이 열리자, 오경이와 혜림이는 혜정이네 엄마께 인사를 드리고 집 안으로 들어갔어요.

"그래, 어서 들어오렴. 다들 예쁘게 생겼구나!"

"어서 와! 엄마, 저 친구들하고 방 안에서 놀고 있을게요."

"그래, 엄마가 맛있는 도너츠 해 줄게. 사이 좋게 놀고 있으렴."

"네, 감사합니다!"

혜림이와 오경이는 맛있는 도너츠 생각에 기뻐하며 혜정이와 방으로 들어왔어요. 혜정이는 스케치북과 크레파스를 바닥에 꺼냈어요.

"오경아, 혜림아. 우리 같이 그림 그리며 놀자!"

"그래, 좋아!"

오경이는 혜정이 옆에 앉아 크레파스로 그림을 그리기 시작했어요. 그때 혜림이가 가방에서 무언가를 꺼냈어요.

"나는 이 색연필로 그릴래. 이걸로 그림 그리고 그 위에 물로 칠하면 물감처럼 된다!"

"우아! 정말 신기하다. 나도 그걸로 그려도 돼?"

색연필을 물감처럼 사용할 수 있다니! 혜정이와 오경이는 혜림이의 색연필을 요리조리 구경하면서 그림을 그리기 시작했어요.

"얘들아, 나와서 손 씻고 간식 먹으렴."

한참 그림을 그리며 놀고 있는데, 혜정이 엄마의 목소리가 들려왔어요. 말이 끝나기가 무섭게 혜정이와 혜림이는 기뻐하며 뛰어나갔어요. 그런데 오경이의 발은 쉽게 떨어지지 않았어요. 아까부터 계속 혜림이의 신기한 색연필에 눈이 가고 탐이 났거든요.

'혜림이는 참 좋은 걸 많이 가지고 있구나. 색연필이 이렇게 많은데 한 두 자루 정도는 없어져도 잘 모르겠지? 겨우 색연필 하난데, 뭐.'

오경이는 재빨리 색연필 두 자루를 자신의 가방 속에 넣었어요.

"오경아, 빨리 와. 같이 도너츠 먹자!"

"으응. 알겠어! 지금 나가."

혜정이의 부름에 오경이는 아무렇지 않은 듯 주섬주섬 가방을 챙기며 대답했어요.

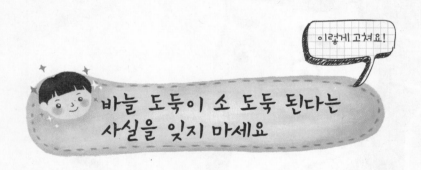

이렇게 고쳐요!

바늘 도둑이 소 도둑 된다는 사실을 잊지 마세요

친구의 물건이 너무 갖고 싶어서 슬쩍 가져온 적이 있나요? 하지만 이렇게 친구의 물건을 훔치는 것도 법을 어기는 행동이에요. 그것이 아무리 작은 것이라고 해도 말이지요. 많은 사람이 작은 물건을 훔치는 것은 그리 잘못된 행동이라고 생각하지 않아요. 하지만 작은 것이든 큰 것이든 도둑질은 나쁜 행동이고, 다른 사람에게 피해를 주는 행동이기 때문에 법의 다스림을 받게 된답니다.

우리는 원하는 모든 것을 가질 수 없어요. 하지만 갖고 싶은 마음이 너무 클 때는 이 나쁜 행동을 참기도 너무 힘들지요. 오경이가 혜림이의 색연필을 가방에 넣은 이유도 갑자기 갖고 싶은 순간적인 마음을 참기 힘들었기 때문일 거예요. 그런데 만약에 갖고 싶은 모든 것을 참지 못하고, 그때마다 어떠한 대가도 지불하지 않고 물건을 가져온다면 어떻게 될까요? 나도 모르는 사이 점점 도둑으로 자라고 있을 거예요.

'바늘 도둑이 소 도둑 된다.'는 속담을 들어 본 적이 있지요? 이 속담은 작은 것을 훔치던 사람이 이걸 계속 반복하면 나중에는 큰 것을 훔치게 된다는 말이에요. 어떠한 일이든 처음이 힘든 법이에요. 처음으로 친구의 물건을 훔칠 때는 콩닥콩닥 가슴이 두근거리고, 나쁜 행동이 걸릴까 봐 무섭고 떨리는 마음이 있지요. 하지만 두 번, 세 번,

나쁜 행동을 하다 보면 나중에는 그 행동이 잘못된 행동이라는 사실조차 깨닫지 못할 거예요.

너무 갖고 싶은 물건이 생겼는데 나도 모르게 그 물건에 손이 가고 있는 것을 발견한다면, 반드시 나 자신에게 주문을 외워야 해요. '바늘 도둑이 소 도둑이 된다.'고 말이에요.

세상 모든 도둑이 어렸을 때부터 도둑이 되는 것을 꿈꾸지는 않았을 거예요. 한 번의 잘못된 선택이, 두 번의 잘못된 선택을 이끌게 되고, 그러다 보니 자신도 모르는 사이에 아무렇지 않게 물건을 훔치고 있는 모습을 발견하게 되는 것이지요. 안타깝게도 시간이 많이 지나면 나쁜 행동은 고치려고 해도 잘 고쳐지지 않아요. 그래서 '세 살 버릇 여든까지 간다.'는 속담에서처럼 어렸을 때의 습관이 정말 중요한 거예요.

자신의 잘못을 스스로 인정하고, 고치려고 노력하는 건 정말 어려운 일이에요. 하지만 지금 노력해야 나쁜 행동을 멈출 수 있게 돼요. 그리고 그 노력이 여러분의 미래뿐만 아니라 우리가 살고 있는 이 사회의 미래도 지켜 줄 수 있는 거랍니다.

● 형법 ●

제329조 (절도)

타인의 재물을 절취한 자는 6년 이하의 징역 또는 1천만 원 이하의 벌금에 처한다.

제331조 (특수 절도)

① 야간에 문호 또는 장벽 기타 건조물의 일부를 손괴하고 전조의 장소에 침입하여 타인의 재물을 절취한 자는 1년 이상 10년 이하의 징역에 처한다.

② 흉기를 휴대하거나 2인 이상이 합동하여 타인의 재물을 절취한 자도 전항의 형과 같다.

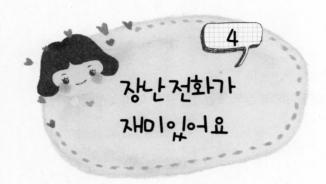

4

# 장난 전화가 재미있어요

"언니, 할머니네 집은 너무 심심해. 뭐 재미있는 거 없을까?"

"나도 너무 심심해. 지혜야, 우리 장난 전화할까?"

"응? 장난 전화? 누구한테?"

"글쎄? 누구한테 하지? 엄마한테 할까?"

지선이와 지혜는 학교를 마치고 나면 엄마, 아빠가 일을 마치고 돌아오실 때까지 할머니 댁에서 시간을 보냈어요. 그런데 이날따라 많이 심심했던 지선이와 지혜는 장난 전화를 하기로 했어요.

"그런데 엄마는 할머니 집 전화번호를 알고 계시잖아. 그럼 우리가 한 줄 아실 텐데?"

"아, 맞다! 그럼……, 그래! 재훈이한테 하자!"

곰곰이 생각하던 지선이는 짝꿍 재훈이를 떠올렸어요.

"언니, 그런데 뭐라고 할 거야?"

"음……, 그냥 전화해서 끊자. 내가 말하면 목소리를 알아들을지도 모르잖아."

지선이는 휴대폰에서 재훈이 전화번호를 찾아 꾹꾹 눌렀어요.

"따르릉, 따르릉."

"여보세요?"

"딸칵."

지선이와 지혜는 아무런 말도 하지 않고 전화를 뚝 끊어 버렸어요. 그러고는 까르르르 숨이 넘어가도록 웃었지요.

"누가 전화했는지 궁금해하겠지?"

지선이는 또 다시 재훈이의 전화번호를 꾹꾹 눌렀어요.

"따르릉, 따르릉."

"여보세요?"

"딸칵."

이번에도 지선이는 그냥 전화를 끊어 버렸어요. 그러고는 지혜와 신이 나서 웃었어요. 장난치는 것이 재미있었어요.

그렇게 세 번, 네 번 반복하다 보니 재훈이는 더 이상 전화를 받지 않았어요. 지선이와 지혜도 처음처럼 재미있지 않아졌지요.

"언니, 이것도 재미없다. 이제 뭐하지?"

그때 지선이 머릿속에 더 재미있을 것 같은 일이 떠올랐어요.

"지혜야! 우리 더 재미있는 장난 전화하자!"

"더 재미있는 장난 전화? 그게 뭐야?"

"119에 전화해서 불이 났다고 그러는 거야! 그러면 빨간 소방차가 정말 출동할지도 몰라."

지선이는 위급한 상황이 생기면 소리를 내며 빠르게 지나가는 빨간 소방차들을 생각하며 말했어요.

"근데 언니, 그거 걸리면 엄청 혼나지 않을까?"

"그러면 다른 데 불이 났다고 하면 되잖아! 에이, 멍청이!"

"그런가? 그래! 해 보자!"

지선이는 설레는 마음으로 119를 천천히 눌렀어요.

"따르릉, 따르릉."

"네, 119입니다."

"아저씨, 불이 났어요! 불이!"

"거기가 어딘가요?"

아저씨의 물음에 지선이는 당황했어요. 하지만 119 구급 대원 아저씨와 통화를 하고 있는 이 상황이 뭔가 신기하고 재미있었지요. 지선이는 할머니네 집 건너편에 있는 참돌 치킨집을 생각하며 다급한 척 대답했어요.

"여기는 참돌 사거리에 있는 치킨집이에요."

그런데 전화를 받은 119 구급 대원 아저씨는 뭔가 이상하단 생각이 들었어요. 치킨집에 불이 났는데 아이가 화재 신고를 자연스럽게 하는 것이 수상해 보였지요.

"얘야, 너 지금 장난 전화하는 거지? 거짓말로 119에 전화하면 안 돼. 여기에 너희 집 전화번호가 다 뜨는데, 아저씨가 한번 확인하러 갈까?"

"딸칵."

119 구급 대원 아저씨의 단호한 목소리에 당황한 지선이는 전화를 확 끊어 버리고 말았어요. 장난 전화했다는 사실을 아저씨에게 걸려 혼이 날까 무서웠던 거예요.

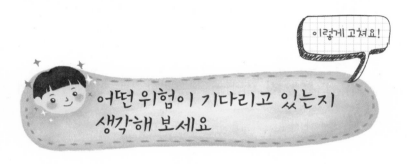

장난 전화는 단순히 장난일뿐인 걸까요? 다 함께 한번쯤은 생각해 봐야 할 문제예요. 장난은 장난을 치는 사람뿐 아니라 당한 사람도 장난이라는 사실을 알게 된 후 웃고 넘길 수 있어야 장난이에요. 만약 상대방이 나의 장난으로 인해 화가 나거나 큰 피해를 입게 된다면, 그것은 더 이상 장난이 아니게 된답니다.

장난 전화 역시 마찬가지예요. 장난으로 허위 신고를 하게 될 경우, 정말 119의 도움이 필요한 사람들이 그 시간에 도움을 못 받게 되는 위험한 일이 발생할 수 있어요. 정말 불이 나거나 생사를 다투는 사고 현장에 출동할 소방대원이 없다면, 이것은 장난이 아닌 생명을 위협하는 아주 위험한 일이 되고 말지요.

우리나라에서 119번으로 걸려 오는 장난 전화 건수는 지난 2010년에는 2만 3,508건, 2011년에는 2만 755건, 2012년에는 1만 7,556건이었다고 해요. 그나마 다행인 건 장난 전화에 대한 처벌이 강화되면서 조금씩 줄고 있다는 것이지요.

경찰서나 소방서는 늘 우리의 안전을 위해 일하고 있는 곳이에요. 그렇기 때문에 우리에게 너무나 소중하고 꼭 필요한 곳이지요. 112, 119 이렇게 긴급 번호를 만들어 놓은 건 쉽게 장난치기 위해서가 아니라 긴급한 순간에 빠른 도움을 주기 위해서예요. 우리에게 주어진 편의를 올바르게 사용하지 않고, 장난하는 데 이용하면 안 되겠지요?

장난 전화를 하고 싶은 마음이 들 때, 잠깐 멈춰서 생각해 보세요. 내가 하는 장난 전화가 상대방도 웃어 넘길 수 있는 장난 전화인지 아닌지를요. 그리고 나의 장난 전화로 인해 어떤 위험이 발생하게 되는 건 아닌지도요.

조금만 깊이 생각하면 상대방뿐만 아니라 나 역시 시간을 낭비하게 된다는 것도, 나 때문에 도움의 손길이 꼭 필요한 곳에서 도움을 얻지 못할 수 있다는 것도 알 수 있을 거예요. 누군가는 나의 장난때문에 목숨을 구할 시간을 잃을 수 있으니까요.

이제 아무리 심심해도 장난 전화를 하면 안 되는 이유를 알겠지요?

## ● 경범죄 처벌법 ●

제2장 경범죄의 종류와 처벌 〉제3조 (경범죄의 종류)

① 다음 각 호의 어느 하나에 해당하는 사람은 10만 원 이하의 벌금, 구류 또는 과료의 형으로 처벌한다. 〈개정 2013.5.22〉

  40. (장난 전화 등) 정당한 이유 없이 다른 사람에게 전화 · 문자 메시지 · 편지 · 전자 우편 · 전자 문서 등을 여러 차례 되풀이하여 괴롭힌 사람

② 다음 각 호의 어느 하나에 해당하는 사람은 20만 원 이하의 벌금, 구류 또는 과료의 형으로 처벌한다.

  3. (업무 방해) 못된 장난 등으로 다른 사람, 단체 또는 공무 수행 중인 자의 업무를 방해한 사람

③ 다음 각 호의 어느 하나에 해당하는 사람은 60만 원 이하의 벌금, 구류 또는 과료의 형으로 처벌한다. 〈개정 2013.5.22〉

  2. (거짓 신고) 있지 아니한 범죄나 재해 사실을 공무원에게 거짓으로 신고한 사람

## 5 주운 사람이 임자예요!

"엄마, 아빠! 바이킹 타러 가요! 바이킹!"

오랜만에 놀이공원에 간 한나는 신이 나서 엄마, 아빠의 발걸음을 재촉했어요.

"그래, 알았어. 조금만 천천히 가자."

"엄마, 아빠! 빨리요. 여기 있는 거 다 타고 갈 거란 말예요."

아빠는 한나의 성화에 서둘러 안내 지도를 보며 바이킹의 위치를 확인했어요. 위치를 파악한 후 고개를 들어 보니 한나는 이미 바이킹이 있는 쪽을 향해 달려가고 있었지요.

바이킹 앞에는 바이킹을 타기 위해 대기 중인 사람들이 길게 줄 서서 기다리고 있었어요.

"엄마, 줄이 엄청 길어요. 한 시간은 기다려야 한대요."

"어머나, 줄이 너무 기네. 그래도 한번 기다려 볼래?"

"네!"

한나는 당연하다는 듯이 큰 소리로 대답했어요. 주말이라 그런지 놀이공원에는 많은 사람으로 북적거렸어요. 놀이기구마다 사람들이 줄을 서서 기다렸고, 바이킹도 마찬가지였지요. 한 시간이 지나자, 드디어 한나네 가족이 탈 차례가 됐어요.

"우리 제일 뒤에 타요! 제일 뒤에! 맨 뒤에 타는 게 재미있대요."

"한나야, 너 탈 수 있겠니? 이거 생각보다 많이 무서울 텐데?"

아빠는 바이킹을 처음 타는 한나가 걱정이 돼서 말려 봤지만 이미 한나의 마음은 확고했어요.

"걱정 마세요! 저 탈 수 있어요!"

드디어 앞서 운행하던 바이킹이 멈춰 섰어요. 사람들의 몸을 고정

시켰던 안전 바가 풀렸고, 사람들이 하나둘씩 바이킹에서 내리기 시작했지요. 그리고 차례를 기다리던 사람들이 하나둘씩 바이킹에 오르기 시작했어요.

한나는 그토록 원하던 바이킹의 맨 뒷자리에 앉았어요. 그때 한나의 발에 무언가 툭 걸리는 게 느껴졌어요.

'어? 이게 뭐지? 앗! 지갑이잖아?'

바닥을 살펴보니 발에 걸렸던 물건은 다름 아닌 지갑이었어요. 한나는 눈이 휘둥그레졌어요. 바이킹을 탄 기쁨보다 낯선 지갑을 발견한 것이 더 설레고 긴장됐어요.

'이걸 어떻게 하면 좋지?'

떨어진 지갑을 어떻게 처리할 것인지 고민하던 한나는 일단 지갑을 줍기 위해 고개를 숙였어요.

"한나야, 뭐하니?"

"네? 아, 엄마! 여기에 지갑이 있어요."

엄마의 물음에 한나는 이유도 없이 화들짝 놀랐어요. 하지만 곧 지갑을 바닥에서 주워 보여 주었어요.

"어머, 앞에 탔던 사람이 실수로 떨어뜨리고 간 모양이네. 한나야, 우선은 네가 잘 가지고 있으렴."

"네."

엄마의 말씀에 한나는 메고 온 가방에 우선 지갑을 넣었어요.

'지갑이 생각보다 두툼하네? 돈이 많이 들어 있나 봐…….'

"자, 이제 바이킹의 여행이 시작됩니다. 모두 안전 바가 잠겼는지 한 번 더 확인해 주시고요. 자, 그럼 출발!"

스피커에서 흘러나오는 안내 방송과 함께 바이킹이 슬슬 움직이기 시작했어요. 바이킹이 점점 높이 올라가면서 사람들이 여기저기서 소리를 지르기 시작했어요.

"꺄아아! 꺄아!"

높은 곳까지 올라갔다 빠르게 내려오는 바이킹에 한나도 부모님도 소리를 지르며 재미있게 탔지요.

한참을 신 나게 타고 내려오니, 기분은 여전히 하늘 높이 붕 떠 있는 기분이었어요.

"와, 진짜 재미있었어요! 참, 그런데 이 지갑은 어떻게 해요?"

한나는 가방 속에 있던 지갑을 꺼내며 엄마에게 물었어요.

"바이킹을 타다가 누가 떨어뜨린 것 같은데, 바이킹 안전 요원한테 전해 주면 주인이 찾으러 오지 않을까?"

하지만 한나의 마음속에는 지갑을 돌려주고 싶지 않은 마음이 더 컸어요.

'이 지갑, 내가 주웠으니까 내가 가져도 되는 거 아냐?'

"저기 안전 요원이 있구나. 가서 지갑 주인 좀 찾아 달라고 하렴."

"네."

엄마 말씀에 알겠다고 대답하고 안전 요원을 향해 발길을 돌렸지 만, 지갑을 돌려주기 싫은 한나는 갈등하기 시작했어요.

'에이, 아무도 모르게 내가 가지면 되지 뭐.'

한나는 엄마 몰래 어깨에 메고 있던 가방을 열어 지갑을 쏙 집어

넣고 말았어요.

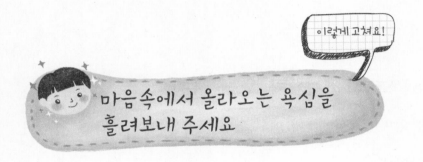

이렇게 고쳐요!

## 마음속에서 올라오는 욕심을 흘려보내 주세요

길을 걷다가 돈이나 좋은 물건을 주운 적이 있나요? 그럴 때 여러분의 마음은 어떤가요? 아마 '이야, 횡재했다!'라는 생각과 함께 내가 마치 주인이 된 기분이 들 거예요. 그래서 진짜 주인이 나타나 돌려줄 때면 이상하게 내 것을 뺏긴 것 같은 느낌마저 들기도 할 거고요.

좋은 것을 보았을 때 갖고 싶은 마음이 드는 건 아주 자연스러운 반응이에요. 하지만 내 것이 아닌 것을 발견하고 주웠을 때, 그것을 가지려고 하는 마음은 욕심이에요. 욕심이란 내 손에 아무것도 없을 때보다 무언가 쥐어졌을 때 우리 마음속에서 더 크게 꿈틀거리지요.

그렇기에 주인 없는 물건을 발견했다면 그 욕심을 그대로 흘려보낼 수 있어야 해요. 어떻게 해야 욕심을 버릴 수 있냐고요?

물건을 잃어버린 사람의 마음을 한번 생각해 보면 욕심을 없애는 데 도움이 돼요. 주운 사람이 있다는 것은 그것을 잃어버린 사람이 있다는 것이지요. 내가 물건을 주워서 그것을 가질 생각에 신이 나 있는 동안, 물건을 잃어버린 사람의 마음은 어떨까요? 너무 속상하고 화가 날 거예요. 그리고 잃어버린 물건을 다시 찾을 수 있기를 간절히 원하겠지요. 물건이 소중한 것일수록 그 마음은 더 클 거예요.

욕심을 없애기 위해 진짜 내 마음도 생각해 보세요. 당장은 좋고 신날 수 있어요. 돈을 주웠다면 전부터 사고 싶었던 딱지를 살 수도 있고, 스티커 북을 살 수도 있으니까요. 하지만 내 마음은 점점 불편해질 거예요. 내 손에 공짜 돈이 생겨 부자가 됐어도, 진실 때문에 양심이 찔릴 테니까요.

어떤 것이든 손에 움켜쥐려고 하면 더 빠져나가기 마련이에요. 쌀한 줌을 손에 쥐고 그것을 흘리지 않기 위해 더 세게 움켜쥐면 어떻게 될까요? 쌀은 손가락 사이 사이로 빠져나가, 처음 가지고 있던 양보다 더 적은 양만 남게 되지요. 이처럼 다른 누군가의 것이 내 손에 들어왔다면 힘 주어 움켜쥐지 마세요. 손에 힘을 빼 나쁜 욕심을 흘려보내세요. 그렇게 욕심을 흘려보낼 때, 우리는 양심을 지키는 진정한 부자가 될 수 있답니다.

● 유실물법 ●

제1조 (습득물의 조치)

① 타인이 유실한 물건을 습득한 자는 이를 신속하게 유실자 또는 소유자, 그 밖에 물건 회복의 청구권을 가진 자에게 반환하거나 경찰서(지구대·파출소 등 소속 경찰관서를 포함한다. 이하 같다) 또는 제주특별자치도의 자치경찰단 사무소(이하 "자치 경찰단"이라 한다)에 제출하여야 한다. 다만, 법률에 따라 소유 또는 소지가 금지되거나 범행에 사용되었다고 인정되는 물건은 신속하게 경찰서 또는 자치 경찰단에 제출하여야 한다.

제4조 (보상금)

물건을 반환받는 자는 물건 가액의 100분의 5 이상 100분의 20 이하의 범위에서 보상금을 습득자에게 지급하여야 한다. 다만, 국가·지방 자치 단체와 그 밖에 대통령령으로 정하는 공공기관은 보상금을 청구할 수 없다.

6

# 목소리가 조금 클 뿐인데요?

"중호야, 기차 타면 조용히 이야기해야 하는 거 알고 있지?"

"알아요! 엄마가 만날 이야기해 주셨잖아요!"

"돌아다니지 않고 얌전히 앉아 있어야 하는 것도 알지?"

"네, 알겠어요."

사촌 동생 준호네 집에 놀러 가기 위해 기차를 타러 가면서 엄마는 여느 날과 마찬가지로 중호에게 대중교통에서 지켜야 할 예절에 대해 설명해 주셨어요. 중호는 사람이 많은 곳에서는 이상하게 더 큰 소리로 말하고, 주변을 신경 쓰지 않고 행동해 엄마를 무안하게 한 적이 많았기 때문이에요.

"엄마! 기차 언제 출발해요?"

기차에 올라 탄 중호는 엄마의 당부는 이미 잊어버린 듯 큰 목소리로 물었어요. 엄마는 집게손가락을 입에 대며 아주 작은 목소리로 대답해 주었어요.

"1시 기차니까, 10분만 기다리면 출발할 거야."

엄마의 모습을 본 중호는 알겠다는 듯 고개를 끄덕거렸어요. 얌전히 자리에 앉아 기차가 출발할 때를 기다렸지요.

"칙칙폭폭! 칙칙폭폭!"

1시가 되자, 드디어 기차가 경적을 울리며 출발하기 시작했어요. 그때 이모한테서 전화가 왔어요.

"여보세……."

"엄마, 누구예요? 이모예요?"

엄마가 전화를 받기도 전에 중호는 누구냐며 큰 소리로 묻기 시작했어요.

깜짝 놀란 엄마가 "쉿!"하며 조용히 하라고 타일렀지만, 중호의 호들갑을 제어할 수는 없었지요.

"저도 바꿔 주세요. 저도요!"

중호의 떼쓰는 소리에 주변 사람들이 하나둘 고개를 돌려 중호를 쳐다봤어요.

"쯧쯧, 다 큰 애가 어쩜 저렇게 애같이 행동할까?"

옆 자리에 앉아 계시던 할머니께서도 인상을 찌푸리며 말씀하셨어요. 계속해서 떼쓰는 중호 때문에 엄마의 휴대폰은 이미 중호의 손에 들려 있었지요.

"이모! 저희 지금 출발해요. 준호는 집에 있어요? 저 이모네 집에 가서 준호랑 물총 싸움 할래요!"

중호는 큰 소리로 통화하기 시작했어요. 엄마는 서둘러 중호에게서 휴대폰을 빼앗아 다급히 통화를 마쳤어요.

"중호, 너! 엄마가 기차 안에서는 조용히 해야 한다고 했지?"

엄마는 아무리 주의를 줘도 큰 소리로 떠드는 중호를 조용히 나무라셨어요.

"네……. 엄마, 이제는 진짜 조용히 할게요."

중호는 엄마의 엄한 표정에 조용히 대답했어요.

30분쯤 지나, 엄마에게 혼이 나고 얌전히 앉아 있던 중호는 갑자기 화장실이 가고 싶어졌어요.

"엄마, 저 화장실에 가고 싶어요."

"그래, 같이 가자."

이번에는 엄마 말이 떨어지기가 무섭게 중호가 자리에서 벌떡 일어났어요. 그러고는 화장실을 향해 뛰기 시작했어요.

"쿵!"

정신없이 뛰어가던 중호가 반대편에서 오던 아저씨를 피하지 못하고 부딪혀 버린 거예요.

"중호야!"

엄마는 자신도 모르게 큰 소리로 중호를 불렀어요. 그러자 기차 안에 있던 사람들의 시선이 중호와 엄마에게 집중되었어요.

그렇게 엄마와 중호는 우여곡절 끝에 이모네 집에 도착했어요. 준호를 오랜만에 만난 중호는 신이 났어요. 이모네 집 안에는 들어가지도 않은 채, 온 동네를 뛰어다니며 물총 싸움을 하기 시작했지요.

"형아, 나 잡아 봐라!"

"야, 너 거기 서! 서라니까!"

중호는 큰 소리를 내며 준호의 얼굴을 향해 물총을 마구 쏘기 시작했어요.

"얼굴에 쏘면 어떡해! 쏘지 마! 얼굴에는 쏘지 말라고!"

준호도 덩달아 소리 지르기 시작했어요. 조용하던 마을은 순식간에 중호와 준호의 소리로 시끄러워졌어요. 중호는 계속 소리를 지르며 뛰어다녔고, 이웃집들은 모두 창문을 닫아 버렸지요.

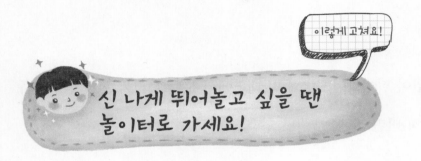

이렇게 고쳐요!

# 신 나게 뛰어놀고 싶을 땐 놀이터로 가세요!

중호의 이야기를 읽으면서 혹시 중호가 어떤 잘못을 했는지 잘 모르는 친구들이 있을 수도 있어요. 큰 소리로 이야기하는 것이 왜 잘못된 것인지 이해가 되지 않을 수도 있고요. 사실 크게 이야기하는 건 자신감이 넘치는 것이고 건강하다는 증거예요. 하지만 많은 사람이 함께 있는 곳에서는 다른 사람들을 배려해야 하지요. 그래서 우리는 큰 소리로 말하는 것을 조심히 할 필요가 있어요.

옛말에 '같은 말이라도 때와 장소를 가려서 하라.'는 말이 있어요. 아무리 좋은 말이라도 상황에 따라 다르게 전달될 수 있다는 뜻이에요. 이와 마찬가지로 여러분의 밝고 건강한 모습은 상황과 장소에 따라 다르게 보일 수 있답니다.

만약 여러분이 놀이터에서 큰 소리로 친구들과 이야기하고 뛰어논다고 생각해 보세요. 그 모습을 보고 잘못이라고 생각하는 사람은 아무도 없을 거예요. 하지만 기차나 버스, 지하철과 같은 대중교통을 이용할 때 여러분이 큰 소리로 떠들고 뛰어다닌다면, 그 모습은 다른 사람들에게 시끄러운 소음이고 방해되는 행동일 거예요.

이 세상은 여러 사람들과 어울려 함께 사는 곳이에요. 그렇기에 우리는 나의 즐거움만을 생각하지 말고, 다른 사람의 편안함도 함께 생각해야 해요. 하지만 안타깝게도 인간은 이기적인 존재이기에 남보다는 나를 먼저 생각하고 행동해요. 그래서 다른 사람의 잘못으로 인해 피해를 보지 않도록 함께 사는 세상에서 서로를 배려하는 법을 만들어 지키게 한 거예요.

여기저기 동네를 돌아다니며 큰 소리로 떠드는 것도 다른 이웃에게 피해를 줄 수 있는 행동이라는 것을 꼭 기억해야 해요. 중호와 준호는 둘만의 재미를 위해 큰 소리를 내며 온 동네를 뛰어다녔어요. 하지만 같은 시간에 낮잠 자던 아이가 깨 엄마를 보채며 힘들게 했을 수도 있고, 조용히 책을 읽던 사람은 집중이 안 돼 짜증이 났을 수도 있어요.

그럼 집에만 가만히 있으라는 거냐고요? 그건 아니에요. 여러분을 위한 장소인 놀이터가 있잖아요. 마구 뛰어다니고 싶을 때, 크게 소리치고 싶을 때, 내 몸에서 나오는 에너지를 어디론가 발산하고 싶을 때는 놀이터에 가서 마음껏 표출해 보세요. 놀이터는 여러분의 건강한 에너지가 얼마든지 표현되어도 좋은 공간이랍니다.

신 나게 뛰어놀고 싶을 때는 놀이터에서! 평소에는 다른 사람을 배려할 줄 아는 멋진 어린이가 되어 보세요.

제2장 경범죄의 종류와 처벌 > 제3조 (경범죄의 종류)

① 다음 각 호의 어느 하나에 해당하는 사람은 10만원 이하의 벌금, 구류 또는 과료의 형으로 처벌한다. 〈개정 2013.5.22〉

20. (음주 소란 등) 공회당·극장·음식점 등 여러 사람이 모이거나 다니는 곳 또는 여러 사람이 타는 기차·자동차·배 등에서 몹시 거친 말이나 행동으로 주위를 시끄럽게 하거나 술에 취하여 이유 없이 다른 사람에게 주정한 사람

21. (인근 소란 등) 악기·라디오·텔레비전·전축·종·확성기·전동기 등의 소리를 지나치게 크게 내거나 큰소리로 떠들거나 노래를 불러 이웃을 시끄럽게 한 사람

7

공원에 있는 꽃은
주인이 없잖아요

"윤진아, 어서 운동하러 나가자."

"아, 엄마. 오늘은 너무 나가기 귀찮아요. 하루만 쉬면 안 돼요?"

"안 돼. 귀찮아도 나가야 해. 너 요즘 너무 안 움직여서 큰 일이야.

운동량이 너무 없으면 몸이 약해져서 안 돼. 어서 일어나렴."

"엄마, 제발요."

윤진이의 간절한 눈빛에 엄마는 더 이상 단호하게 말하지 못했어

요. 하지만 요즘들어 살이 찌기 시작하면서 더욱 움직이지 않으려고

하는 딸이 걱정되었어요.

"그럼 엄마랑 공원에 가서 산책만 하고 들어오자."

"네……, 알겠어요."

윤진이는 밖에 나가는 것이 너무 귀찮았어요. 하지만 산책이 운동하러 나가는 것보다는 나을 것 같다는 생각에 마지못해 대답하고는 입을 쭉 내민 채 엄마를 따라나섰어요.

"윤진아, 나오니까 어때? 한결 낫지 않니?"

공원은 예쁜 꽃과 나무로 싱그러움이 넘쳐 났어요. 하지만 윤진이의 기분은 나아지지가 않았어요. 집에서 편안하게 누워 쉬고 싶었는데, 엄마의 성화에 밖으로 나온 게 못마땅했던 거지요.

"아뇨, 잘 모르겠어요."

윤진이가 볼멘소리로 대답을 하는 그때, 선선한 바람이 불기 시작했어요.

"어머, 바람이 정말 시원하다. 그렇지?"

"네, 좋아요."

윤진이는 무뚝뚝하게 대답했어요. 하지만 입가에는 미소가 살짝

번지고 있었지요. 시원한 바람이 윤진이의 기분을 조금씩 나아지게 해 주고 있기 때문이었어요.

공원의 산책로에는 코스모스가 많이 피어 있었어요. 너도나도 활짝 펴서는 예쁜 모습을 자랑하고 있었지요.

"어머, 코스모스 좀 봐. 이 꽃 너무 예쁘지 않니?"

"네, 코스모스가 정말 예쁘네요."

그때 또 한 번의 선선한 바람이 불더니 코스모스를 한들한들 흔들어 놓았어요. 한들한들 흔들리는 코스모스는 어떤 꽃보다도 더 예뻐 보였어요.

"엄마, 우리 이 코스모스를 조금만 꺾어 가면 안 될까요?"

윤진이는 코스모스를 집에 가져가 화분에 꽂아 놓고 싶었어요. 예쁜 꽃을 매일 보면 기분이 매일 좋을 것 같았지요.

"그건 안 돼. 꽃을 꺾는 행동은 자연을 망가뜨리는 일이거든."

엄마는 윤진이의 마음을 아는지 모르지 안 된다고 단호하게 말씀하셨어요.

"엄마, 그렇지만 집에서도 이 코스모스를 보면 정말 기분이 좋을 것 같아요."

"윤진아. 우리가 이 꽃을 꺾어 가면 공원에 온 다른 사람들은 이 예쁜 모습을 볼 수가 없잖니. 자연은 우리 모두의 것이니까 우리 모두가 함께 지켜줘야 하는 거야."

"엄마는 만날 내가 하자는 거는 다 안 된다고만 하고⋯⋯."

엄마 말이 틀린 것은 아니었지만, 윤진이는 어쩐지 서운한 마음이 들었어요. 그런 윤진이의 마음을 눈치 챘는지 엄마가 윤진이에게 다른 제안을 했어요.

"윤진아, 그럼 이 꽃이 질 때까지 매일 매일 엄마와 산책하는 건 어떠니? 꽃이 어떻게 변하고 있나 지켜보기도 할 겸."

"그건 별로예요. 저는 그냥 집에 가져가고 싶어요. 엄마, 저기 좀 보세요. 저 아줌마들도 모두 코스모스를 꺾어 가잖아요."

"에이, 그러지 말고 꽃들이 건강하게 자라도록 지켜보도록 하자. 응? 여기서 앉아서 조금만 쉬고 있어. 엄마는 화장실에 좀 다녀올게."

엄마는 더 이상 윤진이의 요구에 반응해 주지 않았어요. 윤진이는 다시 입이 쭉 나온 채로 의자에 앉아 엄마를 기다렸어요.

그때 지나가던 사람들이 아무렇지 않다는 듯 꽃을 꺾기 시작했어요.

"어머, 코스모스 정말 예쁘다! 흐드러지게 피어 있어."

"정말! 우리 이 꽃 좀 꺾어서 집에 가지고 갈까?"

'에이, 뭐야……. 다들 꺾어 가는데, 엄마는 괜히 그래.'

그 모습을 보니 윤진이는 자연을 보호해야 한다는 엄마의 말씀이 더 이해가 되지 않았어요. 내 기분만 좋아진다면 꽃을 꺾는 것은 아무 일도 아닌 것 같은데 말이에요.

윤진이는 엄마가 없는 틈을 타 흰
색, 분홍색, 진분홍색 코스모스를
조금씩 꺾어 왔어요. 예쁜 꽃을 손
에 들자 그제서야 산책할 맛이
나는 것 같았어요.

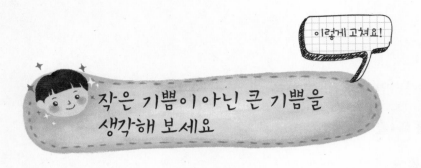

# 작은 기쁨이 아닌 큰 기쁨을 생각해 보세요

우리는 때때로 당장의 작은 기쁨을 위해 더 큰 기쁨을 생각하지 못할 때가 있어요. 윤진이가 그랬던 것처럼 말이에요. 윤진이는 공원에 있는 꽃을 가져오고 싶었어요. 길가에 피어 있는 것만 보기보다는 집에 가져가서도 계속 예쁜 코스모스를 보고 싶은 마음에서요. 하지만 꽃은 꺾는 순간 생명을 잃게 돼요. 몇 시간이 지나지 않아 시들시들해지고, 결국에는 아름다운 모습을 잃게 되지요. 만약 윤진이가 꽃을 꺾지 않았다면 그 꽃은 다음 날에도 그다음 날에도 싱싱하고 예쁜 모습으로 공원에 산책 나온 윤진이를 맞이했을 거예요.

옆집 화단에 있는 꽃을 꺾어서 집에 가져가야겠다고 생각해 본 적이 있나요? 아마 그 꽃은 주인이 있기 때문에 내가 가져가야 한다는 생각을 못 했을 거예요. 화단에 있는 꽃을 함부로 꺾으면 그 꽃의 주인에게 혼이 날지도 모르는 일이고요.

그렇다면 공원의 꽃은 주인이 없기 때문에 아무나 함부로 꺾어 가도 되는 걸까요? 아니에요. 공원의 꽃은 우리 모두가 주인이 되어 가꾸고 지켜줘야 하는 우리 모두의 재산이에요. 자기 화단의 꽃을 꺾어 방으로 가져오는 사람은 아무도 없을 거예요. 마찬가지로 공원이나 길가에 핀 꽃도 내가 주인이 되어 지켜줘야 해요. 그래야 자연을 지킬 수 있고, 더 큰 기쁨을 느낄 수 있게 되는 거지요.

요즘 유명한 역사 유적지를 다니다 보면 안타까운 마음이 들 때가 많아요. 많은 사람이 각자 개인의 소원을 빌기 위해, 또는 누군가에게 하고 싶은 말을 남기기 위해 바위나 나무에 낙서를 하면서 자연을 훼손해 놓은 모습이 많이 보이기 때문이에요. 이런 행동은 개인의 아주 작은 기쁨만을 생각한 거예요. 개인에게는 특별한 의미가 될지 모르지만 다른 사람들에게는 지저분한 낙서일 뿐이에요. 또한 자연에게는 큰 아픔이기도 하고요.

모든 사람이 나 자신만 생각하고 작은 기쁨을 위해 자연을 망가뜨린다면 어떻게 될까요? 우리의 자연은 머지않아 죽고 말 거예요. 그리고 자연이 없는 곳에서는 인간도 더 이상 살 수 없게 될 테고요.

이솝 이야기 중 〈황금 알을 낳는 거위〉의 이야기를 알고 있나요?

어느 날, 부지런한 농부 부부가 시장에서 거위 한 마리를 사 왔어요. 그런데 그 거위가 황금알을 낳는 거위였던 거예요. 거위는 매일 황금알을 낳았고, 농부 부부는 부자가 되었어요. 그런데 부자가 된 농부 부부는 더 큰 부자가 되고 싶은 욕심이 났어요. 그래서 거위의 뱃속에 수많은 황금알이 있을 거라고 생각하고는 황금알을 얻기 위해 거위를 죽이고 말았어요. 하지만 뱃속에는 황금알이 없었어요. 농부 부부는 황금알도 잃고, 부를 가져다 준 거위도 잃게 되었답니다.

위의 이야기를 통해 우리는 사람이 얼마나 어리석은 존재인지를 깨달을 수 있어요. 농부 부부는 황금알이 뱃속에서 나온다는 '부분'만 생각한 나머지, 거위의 배를 가르면 죽을 수 있다는 '전체'를 보지 못한 거예요. 조금만 더 크게, 더 넓게 생각했다면 농부 부부는 황금알을 낳는 거위를 죽이지 않았을 거예요. 그리고 매일매일 황금알을 얻어 큰 부자가 될 수 있었을 거예요.

예쁜 꽃을 꺾고 싶을 때, 큰 바위나 나무에 내 이름을 새기고 싶을 때, 이제 더 큰 기쁨을 위해 참아 보는 건 어떨까요? 잠깐만 생각한다면, 여러분도 어리지만 충분히 알 수 있을 거예요. 우리가 주인 의식을 가지고 우리 모두의 재산인 자연을 지킬 때, 더 큰 기쁨을 느낄 수 있게 된다는 사실을요.

---

● **경범죄 처벌법** ●

**제2장 경범죄의 종류와 처벌 > 제3조 (경범죄의 종류)**

① 다음 각 호의 어느 하나에 해당하는 사람은 10만 원 이하의 벌금, 구류 또는 과료의 형으로 처벌한다. 〈개정 2013. 5. 22〉

15. (자연 훼손) 공원·명승지·유원지나 그 밖의 녹지 구역 등에서 풀·꽃·나무·돌 등을 함부로 꺾거나 캔 사람 또는 바위·나무 등에 글씨를 새기거나 하여 자연을 훼손한 사람

---

# 엄마 아빠가 읽어요

사랑샘터 아동발달연구소 김태훈 원장님의
〈법을 잘 지키는 아이로 키우는 방법〉

# 1

## ● 사소한 약속이라도 꼭 지켜 주세요

아이들에게 법을 이야기하는 것은 참 흔치 않은 일입니다. "횡단보도의 신호는 꼭 지켜야 해.", "남의 물건을 훔치는 일은 나쁜 거야.", "쓰레기는 꼭 휴지통에 버려야지."라고 말하지만, "그것은 법을 어기는 일이란다."라는 설명을 함께하지는 않으니까요. 초등 교육 과정에서도 고학년이 되어야 법의 종류와 기능, 목적에 대해 배우게 됩니다. 초등 저학년까지의 어린 아이들에게 법이 무엇인지, 우리가 왜 그것을 지켜야 하는지를 이해시키는 것은 사실 어려운 일이지요.

그렇다면 초등 저학년의 아이들에게는 법의 교육이 필요 없는 것일까요? 그렇지 않습니다. 우리 아이들은 머리로 이해하고 학습하기는 아직 어려워도, 몸으로 마음으로 법을 습득하고 학습할 수 있는 능력은 갖고 있답니다. 그럼 법을 머리로 이해하기에 앞서, 어떻게 해야 몸과 마음으로 법을 학습할 수 있는 것일까요?

법이라는 큰 규칙을 지키기 위해 아이들에게 필요한 것은 약속을 지킬 줄 아는 힘입니다. 어렸을 때 약속을 지키는 힘이 자라지 않으면, 나중에 지식이 자라 법을 아무리 많이 알게 되고 법의 필요성에 대해 잘 이해하게 됐다고 해도 법을 지킬 수는 없게 될 것입니다.

약속을 지키는 힘은 사소해 보이는 작은 것에서부터 시작합니다. 아이들은 처음 관계 맺는 대상과의 경험을 통해 많은 것을 학습하게 됩니다. 약속을 지키는 힘 또한 가장 가까운 대상, 자주 접하는 대상과의 관계를 통해 자연스럽게 체득하게 됩니다. 결국 약속을 지키는 힘은 따로 가르치는 것이 아닌 부모님과의 관계 안에서 부모님의 모습을 통해 배우게 되는 것입니다.

많은 부모님께서 아이들에게 거짓말을 하시는 경우가 많습니다. 마트에서 장난감을 사 달라고 조르는 아이에게 "엄마가 나중에 사 줄게."라고 말하거나, 동생을 때리는 아이에게 "동생과 사이좋게 놀면 엄마가 선물을 줄 거야."라는 말로 아이의 행동을 통제하기 위해 거짓말을 자신도 모르게 합니다. 하지만 이렇게 무심코 내뱉은 말이 행동으로 지켜지지 않을 경우, 아이에게는 약속을 지키지 않는 부모상을 심어 줄 수 있습니다. 대부분의 부모님께서는 자신이 내뱉은 말을 잊어 버리지만, 아이들은 그것을 기억하고 나중에 되묻는 모습을 보이는 경우도 있습니다. "엄마, 지난번에 사 준다고 했던 장난감은 언제 사 줄 거예요?"라고 말입니다.

아이와의 약속은 아주 사소한 것이라도 지켜 주십시오. 그리고 아이의 행동 개선을 위해 거짓말하는 것은 자제해 주십시오. 지키지 못할 약속이라면 차라리 말하지 않는 것이 아이에게도 부모님에게도 도움이 될 것입니다.

부모님과 약속하고 지키는 것은 법을 지킬 수 있는 힘을 키우는 밑거름이 됩니다. 사랑을 받은 아이가 아주 자연스럽게 다른 이들에게 사랑을 나눌 수 있는 것처럼, 약속을 지키는 것을 경험한 아이는 나중에 자라서도 법이라는 약속을 잘 지킬 수 있게 됩니다. 그렇게 되면 누군가의 강요가 아닌 아주 자연스러운 습관처럼 스스로 법을 지키는 아이로 성장해 나갈 것입니다.

# 2

## • 생활 속에서 법을 이해할 수 있도록 도와주세요

아이들은 법을 어떻게 생각할까요? 법이 왜 만들어졌다고 생각할까요? 많은 아이가 법이란 처벌을 위한 도구라고 생각하는 경우가 많습니다. 법이 함께 살아가기 위한 규칙이자 약자를 보호하기 위한 방법으로, 모든 국민의 평등을 위한 도구라고 생각하지 못하는 것입니다. 그저 잘못한 사람을 혼내 주는 것, 잘못이 무엇인지, 그 잘못을 했을 땐 어떤 벌을 받아야 하는지 알려 주는 것이라고만 생각합니다. 그 생각이 변하지 않고 자라게 된다면, 법을 알고 지키기보다는 법을 모르는 척 피하게 되는 경우가 많아질 수 있습니다.

아이가 생활 속에서 법을 쉽게 이해할 수 있도록 부모님께서 몇 가지 기억하고 계시는 것도 아이에게 법을 제대로 알려주는 데 도움이 됩니다. 어떤 것들이 있을까요?

첫 번째로 은행이나 공공장소에 갔을 때, 버스를 타거나 지하철을 탔을 때, 장애우 자리가 따로 마련되어 있는 것을 통해 약한 사람을 보호하기 위한 법을 알려 줄 수 있습니다. 많은 아이가 표시된 자리는 특정인을 위한 자리라는 사실을 잘 알고 있습니다. 하지만 왜 따로 비워 둬야 하는지에 대해선 잘 이해하지 못하기도 합니다. 그럴 때 아이에게 약한 사람들이 일반인들과 똑같은 조건에 놓이게 되는 것은 오히려 불평등한 일이라는 것을 설명해 주십시오. 그리고 법은 약한 사람을 지키기 위해서 필요한 것이라고 말씀해 주십시오.

매번 장애우를 위한 자리를 볼 때마다 같은 말로 설명하는 것보다 아이와 함께 약한 사람을 보호하기 위한 법에는 무엇이 있는지 찾아보는 것도 좋습니다. 생활 속에 숨어있는 법을 함께 찾고 그것을 지킴으로 약한 사람을 배려하는 데 동참하게 되면, 아이는 법의 제제가 없는 곳에서도 약한 사람을 배려할 줄 아는 따뜻한 마음을 가진 아이로 성장하게 될 것입니다.

두 번째로 자전거를 탈 때 안전 장비를 착용하고, 횡단보도에서 신호 지키는 것을 통해 법이 사람들의 안전을 위해 꼭 필요하다는 사실을 알려 줄 수 있습니다. 안전 장비를 착용하지 않는 것이 법을 어기는 것이고, 신호등을 무시하고 건너는 것이 법을 어기는 것이 맞지만, 그 잘못된 행동을 벌하기 위해 법이 있는 것이 아니라, 법을 지킴으로써 사고를 예방하려고 만든 것이라는 것을 알려 주십시오. 정해진 법이니까 지켜야 한다는 말보다는 아이의 안전을 위해 법으로 정했다는 것을 말씀해 주시면 아이들은 법이 처벌의 도구가 아닌 자신의 안전을 위한 도구라는 사실을 이해할 수 있게 될 것입니다.

세 번째로 사람들이 길가에 쓰레기를 함부로 버리는 모습을 통해 세상은 나만 사는 곳이 아니기 때문에 함께 지켜야 할 법을 만든 것이라는 사실을 설명해 주실 수 있습니다. 법은 개인의 이기주의를 제한하고 함께 살기 위해 반드시 필요한 최소한의 규칙으로 정했다는 것을 알려 주십시오.

이렇게 아이들의 생활에서도 법을 찾을 수 있습니다. 아이들도 때로는 법을 어기기도 하고 지키기도 하면서 생활하겠지요. 아이들의 생활 속에 나타나는 법을 통해 법 내면의 본질적인 의미를 설명해 주면, 법을 피하거나 외면하지 않고 찾아서 바로 알고 지키려고 노력할 수 있게 될 것입니다.

아이들이 법에 대해 제대로 알게 됨으로써 법이 잘못을 한 소수를 위해 존재하는 두려운 대상이 아닌, 우리 모두가 아끼고 지켜야 하는 아름다운 대상으로 아이들의 마음에 법이 자라게 해 주십시오.

# 3

## • 아이와 함께 가정 헌법을 만들어 보세요

가족이라는 이름으로 한 집에서 함께 생활한다는 것은 정말 큰 축복입니다. 때로는 함께 있는 것을 너무 당연하게 생각해 그 소중함을 소홀히 여길 때도 있습니다. 서로 더 아끼고 더 존중해 줘야 하는 것이 가족인데, 너무 편하다 보니 조금 더 함부로 대하고, 내 생각만 주장하게 되는 것이지요.

그렇기 때문에 서로를 더욱 존중하기 위해 가정 안에서도 지켜야 할 규칙이 필요합니다. 단순히 약속한 것 이상의 규칙을 만들게 되면, 모든 가족 구성원이 가정 내의 문제를 해결하는 데 있어 감정에 휘말리지 않고 이성적으로 문제를 풀어갈 수 있게 됩니다. 또한 서로를 이해할 수 있는 기회도 가질 수 있게 되지요.

요즘 많은 아이가 자기중심적으로 행동하고 생각할 때가 많습니다. 맞벌이 가정이 늘어나면서 아이들을 통제해 줄 대상의 부재가 그 원인 중에 하나일 것입니다. 그러다 보니 아이들은 자기 멋대로 행동하기 일쑤가 됐습니다. 하지만 아무리 가까운 부모, 자식 사이이라고 해도 가정 안에 질서는 반드시 필요합니다.

아이들의 자기중심적인 행동을 통제해 주고 서로간의 역할에 질서를 잡아 주기 위해, 아이들과 함께 가정 헌법을 만들어 보는 것은 어떨까요?

부모님께서 규칙을 정하고 그것을 따르라고 요구하는 것은 아이에게 통제당한다는 느낌을 들게 할 수 있고 강압적이라고 느낄 수 있습니다. 하지만 아이와 함께 상호 작용을 하며 서로에 대해 알고 이해하며 함께 가정 헌법을 만들면, 아이로 하여금 그 규칙을 지키고 싶은 마음이 들게 합니다. 아이에게 우리 가족의 규칙을 지키고 싶은 마음이 들도록 동기를 유발하는 것이지요.

그럼 가정 헌법은 어떻게 만들면 좋을까요?

법무부에서는 '법사랑 사이버 랜드'(http://cyberland.lawnorder.

go.kr)에서 가정 헌법을 만드는 항목을 크게 다음과 같이 나누고 있습니다.

제1장. (화목) 아무리 바빠도 사랑하며 살아요.

제2장. (건강) 몸도 마음도 튼튼히!

제3장. (경제) 아껴야 더 잘 살아요.

제4장. (나눔) 더불어 잘 살아요.

제5장. (질서) 질서와 약속을 잘 지켜요.

각 장마다 그것을 지키기 위한 세부적인 사항이 나와 있습니다. 예를 들어 '화목'에서는 '우리 가족은 화가 나도 큰 소리를 지르지 않고 대화로 해결해요.'와 같은 내용이 있습니다.

이렇게 다섯 개의 큰 기둥을 두고 각자의 가정에 맞는 세부 항목을 적으면 각 가족마다 자신만의 가족에 맞는 가정 헌법을 만들 수 있게 될 것입니다.

이렇게 만들어진 가정 헌법 덕분에 자신만 바라보던 시선은 다른 사람도 바라보게 해 줄 것이고, 이는 곧 더 행복한 가정, 더 질서 있는 가정을 만들어 줄 것입니다.

　아이가 이 나라를 사랑하고 이 나라의 주인이 되기 위해 먼저 소중한 가족의 구성원임을 깨닫게 해 주십시오. 그 존재감으로 아이는 이 나라를 지킬 수 있는 힘도 키우게 될 것입니다.

# 4

## • 규칙에 따라 칭찬과 벌칙을 주세요

    가정 헌법을 만들게 되면 자연스럽게 스스로 지켜야 하는 규칙이 생기게 됩니다. 하지만 아이들이 가정 헌법에 명시한 규칙을 모두 기억하고 지키는 건 사실 불가능한 일입니다. 그건 아이들뿐 아니라 부모님에게도 해당되는 사실일 것입니다. 그렇기 때문에 아이들의 경우 가정 헌법의 규칙을 기억하고 지킬 수 있는 힘을 길러 주는 도구가 필요합니다. 이는 아이들의 동기를 유발하는 계기가 될 것입니다.

    많은 부모님께서 이미 이용하고 계시는 것처럼 '칭찬 스티커' 방식은 아이들이 규칙을 지키는 힘을 키우는 데 아주 효과적입니다. 말로만 칭찬하고 벌 서는 것으로 벌칙을 받는 것이 아니고, 아이에게 어떠한 보상으로 진짜 상을 주기에 효과적인 것이지요.

    가장 먼저 가정 헌법에서 지켜야 하는 규칙 중에 아주 구체적이고 아이들 행동 개선에 반드시 필요한 항목을 선택해 주십시오. 규칙에는 이미 아이가 잘 지키고 있는 규칙도 있고, 조금만 노력하면 잘 지킬 수 있는 규칙이 있습니다. 때문에 아이가 정말 지키기 힘들어 하지만 반드시 지켜야 하는 규칙을 정해 주셔야 합니다. 가령 밤늦게까지 자지 않고 놀려고 하는 아이라면, 구체적으로 '10시에 침대에 누워 잠을 청하기'와 같이 명확한 기준이 있는 규칙이어야 합니다.

규칙을 정할 때는 반드시 아이와 함께 상의하고 결정하시는 것이 좋습니다. 부모님의 명령으로 인해 규칙을 지켜야 하는 것과 스스로의 다짐으로 규칙을 지키려고 하는 데에는 큰 차이가 있기 때문입니다.

이렇게 2~3가지의 규칙을 정하면, 아이와 함께 칭찬스티커 판을 만드십시오. 규칙을 함께 정하고 스티커 판을 함께 만드는 것은 아이가 이 규칙을 지키는 일에 동참하고 있다는 마음을 강화시켜 줍니다.

규칙을 정하면서 반드시 정해야 하는 것이 한 가지 더 있습니다. 바로 보상입니다. 많은 부모님께서 우선 스티커만 붙이고 계시는 경우가 많은데, 이 스티커 판이 전부 채워졌을 때 아이가 어떠한 것을 보상으로 받을 수 있는지도 함께 정해야 합니다. 이때 보상은 절대 너무 좋은 것이 되어서는 안 됩니다. 동기를 유발할 수 있을 정도의 작은 것이라도 아이들에게는 충분한 보상이 될 수 있습니다. 너무 좋은 것이 보상으로 오게 되면 목적이 뒤바뀔 수 있게 됩니다. 규칙을 위한 보상이 아닌 보상을 위한 규칙이 되는 셈이지요.

보상을 정하셨다면 이제 벌칙을 정하시면 됩니다. 벌칙을 정할 때도 역시 아이와 함께 상의하셔서 아이가 규칙을 지키지 않았을 때 어떠한 벌을 받겠다는 다짐을 할 수 있도록 도와주십시오. 이 벌칙은 절대 학업에 관련한 것이 아닌 모든 가족을 위한 일이 되어야 합니다. 벌칙으로 '문제집 10장 풀기'를 할 경우 아이들에게 공부가 잘못의 대가인 처벌로 이해되기 때문입니다. 벌칙으로는 개인적인 일보다 가족 모두를 위한 일이 좋습니다. 예를 들면 화장실 청소나 거실 청소, 신발장 정리와 같은 것으로 정할 수 있겠습니다.

아이들이 함께 정한 규칙을 잘 지키기 위해서는 부모님께서도 반드시 지켜야 하는 규칙이 있습니다. 칭찬 스티커를 붙일 때 또는 벌칙을 받을 때 다음 유의 사항을 반드시 기억해 주시기 바랍니다.

첫 번째, 함께 정한 규칙 외에는 어떠한 경우에도 칭찬 스티커를 주셔서는 안 됩니다. 스티커가 남용되면 아이들에게 스티커는 큰 의미가 없어집니다.

두 번째, 아이에게 칭찬 스티커를 빌미로 다른 착한 행동을 요구하셔서는 안 됩니다. 부모님의 권리로 때에 따라 스티커로 조건을 거신다면 아이들에게 몸소 규칙을 어기는 모습을 보여 주게 되는 것입니다.

세 번째, 10시에 잠자리에 들기로 약속하고, 10시 5분에 잠자리에 든 아이에게 격려의 스티커를 주지 마십시오. 다만 "내일은 꼭 성공

하자!"는 격려의 말로 응원해 주십시오.

네 번째, 이미 붙인 스티커를 다른 규칙을 안 지켰다는 이유로 떼지 마시고, 칭찬 스티커는 오롯이 아이를 칭찬하기 위한 도구로 사용해 주시는 것이 좋습니다.

다섯 번째, 부모님의 권위로 가정 헌법을 어겨도 모른 척 지나가지 마시고, 똑같이 벌칙의 대상이 되어 함께 정한 벌칙을 지켜 주시기 바랍니다.

# 5

● 엄마, 아빠가 솔선수범을 보여 주세요

　아이가 세상에 태어나 가장 먼저 하는 말이 무엇일까요? 대부분 아이들의 첫 언어는 '엄마, 아빠'일 것입니다. 그렇게 엄마, 아빠는 아이들 세상의 전부가 됩니다. '엄마, 아빠'를 부르던 아이는 어느새 할 줄 아는 말이 점차 많아지고, 어떻게 말하라고 일러 준 적이 없음에도 아이의 입에서는 엄마와 아빠의 말씨가 나타나게 됩니다.

　아이들은 처음 배우는 모든 것을 부모의 모습을 보고 모방하고 학습하게 됩니다. 같은 말씨를 사용하더니 어느새 같은 몸짓, 생각을 하고 있는 것을 발견하게 될 것입니다. 이렇게 아이는 엄마와 아빠를 통해 세상을 바라보게 되고, 그 세상 안에서 엄마와 아빠의 모습으로 살아가게 됩니다.

　그렇다면 우리 아이들이 '최소한의 도덕'이라 불리는 법을 지키기 위해 부모로서 무엇을 어떻게 가르칠 수 있을까요? 어떻게 가르치려고 하기 보다는 아이들에게 말과 행동이 일치되는 모습을 보여 주시는 것이 가장 큰 교육이 됩니다.

많은 부모님께서 아이들에게는 마땅히 지켜야 할 것을 일러 주시지만, 정작 부모님께서는 지켜야 할 것들을 지키지 않는 경우를 많이 볼 수 있습니다. 이럴 경우 아이들은 많이 혼란스러워 합니다.

"횡단보도 신호는 꼭 지켜야 해."라고 가르치면서 차가 오지 않을 때는 아이의 손을 잡고 길을 건너기도 하십니다.

"쓰레기는 휴지통에 버려야 한단다."라고 가르치면서 껌 종이와 같은 작은 휴지들은 휴지통이 없는 곳에 슬쩍 버리기도 하시고요.

"아무리 화가 나도 친구를 때리면 안 돼."라고 가르치면서 아이의 잘못에 감정적으로 매를 들게 되실 때도 있습니다.

"장애우 자리는 양보해야 해."라고 가르치면서 바쁘거나 귀찮을 때는 양보는 외면한 채 자신의 편의만 생각하고 행동하실 때도 있습니다.

아이들의 눈은 이런 부모의 모습을 바라보고, 아이들의 행동은 이런 부모의 모습을 그대로 닮아 가게 됩니다. '백문이 불여일견'이라는 속담이 있습니다. 백 번 듣는 것이 한 번 보는 것만 못하다는 뜻으로 무엇이든지 실제로 경험해야 확실히 안다는 말입니다. 우리 아이들이 법을 지킬 줄 아는 아이가 되길 원하신다면 이제 부모로서 솔선수범하는 모습을 보여 주셔야 합니다. 아이들이 눈으로 먼저 법을 지키는 엄마, 아빠의 모습을 확실히 보게 되면, 그 누구의 설명이 없어도 아이 스스로도 당연하게 그 규칙을 지켜 갈 수 있을 것입니다.

# 6

## • 법을 지키는 것이 아이를 위한 것임을 느끼게 해 주세요

법은 아이들의 안전과도 많은 관련이 있습니다. 횡단보도에서 신호에 맞게 건너야 하고, 횡단보도가 없는 곳에서는 길을 건너지 말아야 하는 것, 자전거 등의 움직임이 큰 놀이기구를 탈 때에는 반드시 안전 장비를 착용해야 하는 것 등 아이들의 안전과 밀접한 관련이 있지요.

하지만 안전에 관한 이야기를 할 때 이상하게 아이들은 엄마의 말을 듣기 싫은 잔소리쯤으로 생각하고 짜증을 낼 때가 많습니다. 사실 이런 경우에는 법을 지키기 위해서가 아니라 아이들의 안전을 위해 법을 지켜야 하는 것인데 말이지요.

그런데 잘 살펴보면 아이들이 엄마의 말을 잔소리로 생각하게 된다는 것은 엄마의 말과 그 말이 전달되는 느낌이 분명 아이에게 그렇게 들리기 때문이란 것을 알 수 있습니다.

많은 부모님께서 아이가 지켜야 하는 행동만 당부를 하십니다.

"꼭 파란불일 때 건너야 해.", "안전모 쓰고 무릎 보호대 찼니?", "사람이 많은 길에서는 절대 자전거를 타고 가면 안 돼."와 같은 행동의 당부 말이지요.

그런데 아이의 눈에는 그렇게 하지 않아도 되는 많은 장면이 들어옵니다. 안전모를 쓰지 않고 무릎 보호대를 하지 않고 자전거 타는 친구들이 더 많고, 파란불이 아닌 빨간불에 잘 건너기만 하면 아무 사고도 나지 않고 오히려 기다려야 하는 불편함까지 해결할 수 있기 때문입니다.

이렇게 엄마의 말과 다른 모습을 본 아이는 '엄마만 너무 심하게 그래.' 혹은 '나한테만 그래.'라고 생각할 수 있습니다. 그러다 보니 아이의 귀에 엄마의 말은 쓸데없는 잔소리가 될 뿐인 거지요.

또한 너무 강압적으로 느껴지는 말들이 문제가 되기도 합니다. 명령하는 어조로 '너는 반드시 이렇게 해야 해.'라고 말한다면 아이들의 마음에는 괜한 반발심이 들기 마련입니다. 물론 아이마다 차이는 있습니다. 기질적으로 모든 아이의 성향이 다르기 때문이지요. 순종적이고 말을 잘 듣는 아이는 아무런 문제없이 부모님께서 하라는 대로 자신이 지켜야 할 것을 지킬 것입니다. 하지만 그것을 지킬 때마다 아이의 자존감은 조금씩 작아지고 있을지도 모릅니다.

이제 아이에게 안전 수칙을 알려줄 때는 반드시 엄마의 마음을 전달해 주십시오. 눈에 넣어도 안 아픈 내 딸과 아들이 다칠까 봐 걱정되는 마음에 그러는 것을 아이들이 느낄 수 있도록 친절하게 표현해 주십시오. 이 말은 아이들의 성향에 관계없이 아이들이 '엄마가 나를 걱정해서 그러시는구나.'라고 느낄 수 있도록 도와줄 것입니다.

또 아이에게 말할 때는 명령형이 아닌 청유형과 제안형으로 좀 더 부드럽게 표현해 주시는 것이 좋습니다. 물론 이럴 경우 몇몇의 아이들은 거절을 할 수도 있습니다. 하지만 제안 후 엄마가 왜 그러는지 설명해 준다면 아이도 엄마의 생각과 제안에 동참해 줄 것입니다.

아이에게 "꼭 파란불일 때 건너."라고 말하지 마시고, "꼭 파란불일 때 건너자. 엄마는 네가 다칠까 봐 걱정이 돼서 그래. 만약 네가 다친

다면 엄마, 아빠는 너무 슬플 거야."라고 마음도 함께 전달해 주십시오. 이는 아이들이 자연스럽게 규칙을 지키는 좋은 행동을 만들뿐만 아니라 아이의 내면도 튼튼하게 해 줄 것입니다. '아! 엄마, 아빠가 나를 많이 사랑하고 계시는구나.'라고 느끼며 자신이 얼마나 소중한 존재인지 알고 자라게 될 것입니다.

아이가 말을 듣지 않을 때, 말을 듣지 않는 아이를 보기 전에 아이에게 말하는 내 모습을 먼저 돌아보는 것은 엄마와 아이 관계에 큰 도움이 됩니다. 나의 말로 아이를 바꾸려고 하기보다 내가 먼저 바뀌면, 아이는 저절로 바뀐다는 것 꼭 기억하시기 바랍니다.

# 7

## • 어른의 관심이 아이의 앞날을 지켜 줘요

얼마 전, TV를 보다가 우연히 '위기의 아이들'이란 제목의 다큐멘터리를 본 적이 있습니다. 아직 부모의 보호가 필요한 시기의 청소년 아이들이 집이 아닌 거리에서 상상하기조차 힘든 비행을 저지르는 모습을 보고 입을 다물지 못했습니다. 아이들은 이미 성범죄와 절도, 폭력 등 많은 위험에 자신을 노출하고 있었습니다. 그들에겐 기댈 수 있는 어깨가, 자신을 돌봐 줄 어른이 없었습니다. 어른으로서 이 아이들에게 참 많이 부끄럽고 미안했습니다.

분명 사랑의 결실로 얻은 아이들인데 왜 이런 모습으로 자라고 있는 것일까요? 아이들은 사랑 받아야 하는, 관심 받아야 하는 존재입니다. 부모님의 사랑과 관심을 먹고 자라는 아이들, 이 아이들에게 우리가 충분한 관심과 사랑을 전하지 못할 때 아이들은 범죄에 쉽게 노출될 가능성이 있습니다.

요즘에는 한 가정에 아이 하나 있는 집이 많습니다. 가족의 모든 삶이 아이 중심으로 돌아가고, 내 아이를 최고의 아이로 키우겠다는 원대한 꿈을 갖고 많은 부모님께서 엄청난 노력을 하십니다. 그러다 보니 때로는 아이에게 싫은 소리도 잘 안 하고, 잘못된 것을 올바로 가르치지 않으며 아이들을 키우는 모습을 많이 보게 됩니다.

지하철에서 소란을 피워도 많은 사람 앞에서 아이를 혼내면 아이의 기가 죽는다는 이유로 아이를 내버려 두십니다. 엄마, 아빠에게 버릇없이 행동하고 소리를 질러도 다 받아 주고 넘어가십니다. 심지어는 친구와의 싸움에 내 아이가 잘못했음에도 맞지 않고 왔으면 됐다는 식으로 아이를 돌보지 않으십니다. 이런 부모님의 행동들은 과연 사랑하는 내 아이를 위한 행동일까요?

초등학생 정도의 아이라면 아이는 자신이 잘못된 행동을 하고 있다는 것을 알고 있습니다. 그렇기에 아무도 자신에게 관심을 갖고 있지 않다고 생각하기도 합니다. 엄마, 아빠는 자신들의 방식으로 아이를 사랑으로 키웠지만 아이는 외로워집니다. 누구도 자신의 잘못된 행동과 감정에 대해 올바로 가르쳐 주지 않고 자신에게 관심이 없다고 느끼게 됩니다. '엄마는 나를 사랑하지 않나?', '나를 왜 그냥 내버려 두지?' 아이는 이 험한 세상에 자신을 든든하게 받쳐 줄 버팀목이 없다고 생각하기도 합니다.

아이들은 잘한 것은 잘했다고 칭찬해 주고, 잘못한 것은 잘못했다고 혼내 주고 바로잡아 줘야 부모님과 세상을 신뢰하고 살아갈 용기를 키우게 됩니다. 잘하든 잘못하든 혹은 그게 어떤 이유에서든 아이들을 그냥 내버려 두는 것은 무관심의 표현이 되고, 이는 곧 심리적으로 아이를 혼자 가둬 두는 셈이 되는 것입니다.

아이가 무엇을 잘하는지 잘못하는지 지켜보는 부모님의 관심은 아이를 지키고, 곧 함께 사는 세상을 지킬 수 있는 길입니다.

청소년기에는 우울 증상이 비행으로 표현됩니다. 거리에서 수많은 범죄를 저지르고 있는 아이들은 지금 우울하다고, 이 세상에 나 혼자인 게 너무 무섭다고 소리 지르고 있는 것입니다. 조금만 일찍 이 아이들에게 관심을 가지고 잘잘못을 가르쳤더라면, 아이는 지금 혼자 그 외로운 싸움을 하고 있지 않을 것입니다.

## 역사

## 환경

## 인성

## 생활

## 공부

권당 12,000원 · 각 시리즈는 계속 출간됩니다!